蘭陵皇妃

明月應笑我多情

下

楊千紫 著

好讀出版

蘭陵皇妃《下》

目錄

第一章　亂花漸欲迷人眼

翡翠琴騰空而起，落在她手中化作一把寒光閃爍的碧色寶劍，她冰冷眼眸中閃過一道銀光，睫羽纖長美麗，卻是滿目殺機。桃花似相當滿足於欣賞到她被激怒的表情，嘴角滲出絲絲血跡，揚唇嗤笑一聲。

1

轉眼就到了七月十五的夜晚。

荷豔塘的萬頃清荷含苞欲放。

接天荷葉田田相連，暮色中一望無際的碧綠。

天就快要黑了，清水樓的小廝已在荷豔塘四周懸掛起了明亮的牛皮燈籠。今夜雖逢滿月，穹空卻總是烏雲密布、黯淡無光，所以爲了能看到滿池荷花齊齊盛開的奇景，只好將清水樓弄得燈火通明。

來賞荷的人並不多。

荷塘上有九曲石橋，橋心聳立著一座小巧精緻的朱色涼亭，臨水而立，內中放著一張白玉桌，是賞荷的最佳位置。紅衣侍女拂去白玉椅上的積塵，面蒙薄紗的白衣女子端坐到那處，一雙妙目波瀾不驚。她環顧四周，眉頭微蹙，淡然地朝身側的侍女使了個眼色。

片刻之後，店小二陪笑著走向圍在荷塘邊的人群，滿臉歉意地開口道：「不好意思啊，諸位客官，請大家退後點，荷豔塘被那位姑娘包下了，她不喜歡人多，所以……」

稀稀落落的人群中傳來抱怨聲，眾人皆是不滿，可看到那位白衣女子的排場風姿，誰也不敢上前理論，只怏怏地嘟囔幾句，向後退了數丈。

「難道別人沒錢嗎？」我努努嘴嘟囔道，覺得美景不該被人給包下，心底卻並不怎麼生氣，反倒覺得，那樣陰詭又高潔的荷花，本就適合給那位姑娘賞看。

斛律光扯著我的衣袖後退一步，輕聲道：「清鎖，別生事。」他說話時的眼神機警而深沉，不動聲色地環顧四周。

「怎麼，在你眼裡，我很喜歡生事嗎？」我好奇地側頭看向他，揚唇打趣道。其實以他的性子，也不是這麼毫無稜角的人，不知道爲什麼，我總覺得他從昨天開始就有些不對勁。

他的表情忽然凝重而帶著歉疚，「清鎖，恐怕，我不能送你到蘭陵王那裡了。」

「爲什麼？」我詫然問道。

「總之你先在清水鎮等我。如果我十日之內沒出現，也許就再不會回來了。」

斛律光這話說得雲淡風輕，我卻聽得心驚肉跳，彷彿他要去做甚極其危險的事情。

我剛想再說些什麼，斛律光卻拍了拍我的肩膀，笑容溫厚，「我先走一步，你留在這兒。」說著轉身就欲退出人群。

「萬事小心。」我輕聲囑咐，擔憂是發自內心的，儘管知道多說無益。

他的背影微微一頓，隨即消失於茫茫夜色。我凝神遠望，雖然不曉得到底發生了什麼事，隱約亦能夠感覺到這件事必然是十分要緊且凶險萬分。

此時四周緩緩明亮起來，密布的烏雲絲絲縷縷散開，露出銅盤似的圓月來，閃爍著詭異的暗紅色，整片夜空不見半顆星星。

碧水中的大片荷花忽然迎風輕舞，花蕾向外微顫鼓動著，狀似即刻就要綻開。我不由得凝神望看這片荷花，空氣中陰涼陣陣，滿池皆是嫣然豔麗的粉色，可不知為何，映襯著這古銅之月卻隱約透出一種淒清詭譎之感。

花朵震顫得愈加厲害了，看似下一秒就將盛開。此時，空中突地傳來一陣熟悉的凌厲琴音，只是那樣一掠，已將耳膜刺得生疼。我胸口發悶，彷彿有什麼東西在胸腔裡肆意翻騰。不過這次我可學乖了，像我這般惜命的人，上次吐了一大口血，豈能中招兩次？我就近掄起一張凳子，「啪」的一下摔在地上，然後撿起兩根凳子腿，像敲架子鼓那樣敲著一旁的石橋欄杆。

我記得這琴聲，是桃花！

打亂她琴聲的波動，是唯一讓自己避過這恐怖琴音的方法。我依稀記得上回聽到她琴聲時的痛苦，那種聲音彷彿直接傳進肺腑，單單捂住耳朵是絕不管用的。既然越是精通音律的人就越深受其害，說明那琴聲可直擊人心。我手邊沒有別的樂器，只好拆了凳子充作鼓槌，一來可以擾亂琴音的聲波，二來可以讓自己分心，只要不去聽她的琴，自然就不會受傷了。

見我忽然「劈劈啪啪」敲打欄杆，眾人皆是一愣，四面八方的目光齊向我投過來，人群中懂音律者並不多，他們僅覺耳痛難忍，並未受內傷。就在這時，半空中似有道戲謔的目光，帶著一絲玩味，幽幽地望向我。

同時間，白衣女子也隔著重重人群瞥我一眼，我回視於她，猛地看見一道豔粉色身影如輕燕淩空朝她衝去，那人懷中的琴嘈雜作響，含著凌厲殺機。旁邊的紅衣侍女們皆神情痛苦地捂住耳朵，白衣女子則恍若無事，略帶不耐煩，她低垂眼簾，連理都不理。

桃花豔麗面容上閃現被輕視的憤怒，手中紅褐色的琴忽在空中化作一根深褐色軟鞭，迅如閃電地朝白衣女子臉上刺去。

池中荷花就要綻開，白衣女子淡然高潔的眉目中初次出現急切的神情，她不耐煩地揮手一擋，斥道：「桃花，你鬧夠了沒！」她的聲音輕細動聽，有如天籟。

桃花的琴音戛然而止，我這廂用不著再打鼓了，不由得拿探究目光望著她倆。她們看起來似認識許久，這白衣女子又琴藝卓絕，莫非她就是桃花口中曾經提到過的……

「妙音仙子妙無音，哼，取了個好名號，當眞以爲自己是仙女了嗎？」桃花的劍招狠辣，白衣女子舞袖抵擋，兩人在狹小的朱亭中纏鬥起來，身形都是極快，一粉一白兩道影子交錯生輝，桃花手中的褐鞭舞動生風，卻占不得半點上風。

果然，她就是傳說中的妙音仙子！

這時，古銅色的圓月忽然錚亮起來，明滅之間閃過一道暗紅之光。

荷池邊緣的一朵粉紅花蕾微微一跳，「啪」的一聲砰然綻放，花盤很大，輝映著如霜月光，彷若蒸騰著氤氳霧氣。與此同時，其四周的大片荷花飛快地次第盛放，轉眼間，滿池呈現豔麗妖嬈的粉色，遮天蔽日。田田的碧綠荷葉蓋住了所有水色，泛著熒熒光芒。

妙音仙子眼看荷花已然盛開，秋水般的美目閃過一抹怒色，「啪」的一掌擊中桃花左肩。

妙音仙子雙目微闔，冷然道：「桃花，我本不想與你計較，如今你誤了我的大事，必死無疑！」說著又一掌拍向白玉石桌，翡翠琴騰空而起，落在她手中化作一把寒光閃爍的碧色寶劍。她冰冷眼眸中閃過一道銀光，睫羽纖長美麗，卻是滿目殺機。

桃花似相當滿足於欣賞到她被激怒的表情，嘴角滲出絲絲血跡，揚唇嗤笑一聲，諷刺道：「耽誤你的『弄玉琴』吸陰氣啊？哼，讓你少害些人也好！」旋拿長鞭一指，「天羅地宮是人間煉獄，天羅地宮的人都是妖魔，而你偏要裝成出塵脫俗的仙子模樣，真真可笑！」

「啊！天羅地宮……天羅地宮……」乍聞見這四個字，身邊所有人包括店小二，都如夢初醒一般四下逃竄，像聽到了什麼極其可怕的事情。

我愣愣地呆立片刻後，同樣意識到了危險，剛想跟著大家一起逃走，驀然回頭時卻正對上一名嫵媚男子糾結複雜的眸子。他一襲錦衣，頭戴金冠，不知何時翩然立於清水樓的琉璃簷角之上，迎風站著，衣角飛揚，遠遠看去如一朵國色天香的絕豔牡丹，臨風欲折。男子眼神不似上次那等飄忽不定，卻帶著疼惜，又像是掙扎……宛如已糾纏了幾生幾世。

桃花……妙音仙子……我腦中電光石火閃過那位假扮白髮蒼蒼，實則愛美如命的道人。

「香無塵！」我脫口喊出。他這身貴公子打扮，我還真的差點認不出來了。

原來方才當我拆下凳子敲打之時，用玩味目光盯瞧我的人就是他。

香無塵低頭掃我一眼，雖是匆匆一瞥，神態也極妖嬈美豔。他裝作不經意地嗔道：「眼力真差，這才看出來。」這聲音，與我在彼岸花海那場夢裡聽到的一模一樣。

話音未落，只見他明藍色身影倏忽一閃，驀地消失於簷角，轉瞬現身在朱亭中。兩個女子正鬥得風生水起，他卻從旁看著而不出手，目光掠過妙音仙子，帶有濃濃的眷戀。

香無塵復又側頭，眼神複雜地睇看桃花，聲音泠然動聽，「桃花，別忘了，你也曾是天羅地宮的人。」

桃花深深凝視於他，眸底似懷藏永生無可化解的不甘、恨意和思念。她奮力格開妙音仙子手中的長劍，冷笑一聲後咬牙道：「是又如何？當初，不就是你一手把我驅逐出宮的嗎？哼，反正我也不稀罕！天羅地宮全是些魑魅魍魎，卻偏偏喜歡僞裝成聖人。誰能想到，江湖上傳得神乎其神的『無塵公子』香無塵，不過是個殺人不眨眼的魔頭罷了！」

妙音仙子眼中閃過憎厭神色，纖纖玉手飛快一動，只聽見「啪」的一聲，一個大紅指印浮現在桃花嬌豔白皙的臉上。桃花忿然，剛想反擊之際，一道白光凌空一閃，她已跌坐在地，口中湧出殷紅之血。

「你受了傷，拚盡全力頂多不過接我十招。眼下油盡燈枯，還敢在這兒口出狂言。」妙音仙子冷睨桃花一眼，轉頭看向香無塵，秀眉微挑，似怒似嗔道：「你怎這麼晚才來，任她誤了我的好事！」

桃花看起來傷得不輕，她方才能跟妙音仙子鬥那麼久，似乎全靠一口眞氣撐著，如今洩了下來，馬上癱倒在地上重咳不止。香無塵眼中掠過一絲歉疚和憐惜，俯身欲將她扶起。桃花卻奮力拍開他的手，忿然瞪他，眼中透出無限酸楚，「不用你假好心！」

香無塵輕歎一聲，單膝蹲在她身旁，垂落之手中握著一把純白摺扇，語帶惋惜，「不是約好了三個月後悼念山見麼，你爲何要來這兒？」

「我爲何要來，你不是應該最清楚嗎？」聽到他溫軟的嗓音，桃花的堅強恍於瞬間崩解，滾燙的淚水順著眼角緩緩淌落，漫過那殷紅的五指印，有說不出的淒楚。她含恨說道：「你還是這樣護著她！你明知我會來殺妙無音，就事先派你那好徒弟顏婉出陰招下毒害我，現在卻來跟我假仁假義？若非如此，我桃花閉關十年，怎會不是這賤人的對手！」

「婉兒？」香無塵一愣，眸光乍閃，驚訝的神情不似作僞，「她下毒害你？」

桃花直視他片刻，表情略略緩和，卻更加觸發心中的軟弱。她的櫻唇動了動，剛要說些什麼，一旁的妙音仙子卻已不耐煩，冷冷開口：「香無塵，她今日壞我天羅地宮大事，給我殺了她。」

香無塵風情萬種的眼眸中五味雜陳，他悠然站起身，挑眉道：「你在命令我？」

「梁子是你結下的，難道不該由你親手了結嗎？」妙音仙子的聲音澄澈如天籟，卻冰冷得不帶半點感情。她語氣忽地一轉，「再說，我就是命令你，你能把我怎麼樣？」說著瞥了香無塵一眼，那雙出塵美眸映著如霜月光，晶亮高潔，散發一股讓人無法拒絕的魔力。

「對不起。」香無塵低頭說道，話音未落，已經極快地一掌擊在桃花身上。

桃花噴出一口鮮血，零落的身軀猶如斷線風箏輕飄飄地飛出數尺，穿過荷豔塘，落在我腳邊。沒想到香無塵竟會這樣動手，我捂著嘴，差點驚叫出聲。

亭中此時只剩下香無塵和妙音仙子，兩人皆是身姿絕美，遠遠看去宛若謫仙。

他們沉默地對視一眼，彼此眼神都是難以捉摸、複雜糾結的。

「找到青鸞鏡了嗎？」妙音仙子輕悄的聲音透出撫慰的意味，柔柔地打破這片沉默。

「回地宮再說吧。」對桃花下手，香無塵其實並不好受，眼中有幾分歉疚和痛楚，他拿餘光瞥我一眼，身影頓如煙霧般消失無蹤。

妙音仙子袖子一揮，手中寶劍化作一道白光收入懷裡，身影倏忽一閃，立時消失於飄渺夜色中。我大驚不已，難以相信世上眞有所謂「移形換影」的法術，不由揉了揉眼睛。

那精巧的朱亭中空無人影，一片寂靜，彷彿什麼事都沒發生過，只有躺倒在我腳邊的桃花氣若游絲，無聲地提醒著我，方才所發生的一切並不是夢境。

香無塵……怕是深愛著妙音仙子吧，才會忍心對一個癡戀自己的女子出手。

塘中荷花妖嬈地盛開，接天的粉色在暗紅月色下閃爍著熒熒光芒。

我俯身扶起桃花，忽然滿心悲憫。在情敵妙音仙子的面前被香無塵打傷，教癡心的桃花情何以堪？這身上的傷，恐怕遠不及心上的傷來得重吧。

2

清水樓，天字號房。

「滾開！」我手中湯藥被桃花亂揮的手打翻，「啪」的一聲摔在地上。

「我曾用琴音傷你，你會這麼好心？」桃花面色蒼白，冷冷哼道：「我現在不死也是重傷，用不著你來落井下石。」

我無奈地挪坐到旁邊，輕歎一聲，語氣柔和地說：「我沒有想要害你。」

桃花眼中掠過一絲觸動，依舊冷然道：「我不需要憐憫。」

看她這樣子，我心中不忍，又倒了一碗湯藥遞過去，笑道：「我何必憐憫你？你長得比我美，功夫也比我好。」

桃花聞言一怔。

我撓撓頭，又打趣道：「就是琴彈得難聽了點。」說著，不由呵呵笑起來。

桃花眼神怪異，默然覷著我。我意識到這個笑話很冷，忙收斂住笑容，「這是我從宰相府帶出來的名貴鹿茸，再打翻我可沒錢買了。」

桃花眼中的敵意逐步退去，卻還是沒有說話。

「是香無塵拜託我這麼做的。」我遲疑片刻，決定說個善意的謊話。

桃花身子微微一震，因為虛弱而毫無光澤的青蔥玉手頓住片刻，甫顫顫地伸過來，接過我手中的碗，眼中泛出幽深的痛楚和嗟歎。

她雙手捧著藥碗，一點一點飲盡，那麻木的神情著實引人揪心。

這就是……得不到愛情的女子所要承受的痛苦嗎？

轉眼就過了三日，斛律光音信全無，我不由得有些擔心。

荷豔塘的荷花果然在一夜之間悉數凋落，清水樓的陰詭氣息也一掃而空，回復成尋常小鎮的尋常客棧。我很想知道爲何那天他們聽見「天羅地宮」四個字時會那麼恐懼，可是每每觸及這個話題，店小二就露出惶恐神色匆匆走避，極是不願多說。

我撇了撇嘴角，儘管對此事好奇有餘，卻也不到掛心的地步。就這樣，我一天復一天等著斛律光，慢慢地焦急起來。桃花對我的態度緩和了些，身子卻不見好轉。香無塵那一掌想是極重，我也不知道桃花還能撐多久。

這一日天氣晴朗，秋日的空氣微涼明亮，我把湯碗擱放桌上，打開窗戶，引進一室清新的薄陽。

「今天天氣可眞好呢。」我抬頭仰看穹空，輕聲歎道。這樣的天氣，最適合高高興興地去放風箏了。

等待斛律光的焦慮，對蘭陵王的嚮往，還有一點點對宇文邕的牽掛，化成一抹對未來的茫然無措……

「別再拿這些人參、鹿茸來給我吃了，沒用的！」

我把湯碗遞給她，說：「你身子弱，多吃點這些補品，總是沒壞處的。你看，你今天的面色就好很多呀。」她今天眞的看起來比較有精神，容光煥發的感覺。

桃花眼中似是一熱，別過頭說：「常人做每一件事都存有他的目的，你爲什麼幫我？」忽又冷然抬頭，「別指望我會感激你。」

「如果非要說私心的話，我也能找出一條來的。」我笑了笑，續道：「比如說我看顏婉不順眼，她下毒害你，我就要救你。怎樣，這個答案你滿意嗎？」

我把溫熱的湯碗放在她手上，勸道：「別想那麼多了，不讓自己受苦，才是眞的。」

桃花輕抬美目凝視我片刻，靜靜地把參湯喝了。參湯熱氣蒸騰在她睫毛上，濕潤一片，散發著晶瑩的光芒。

「謝了。」這二個字飄忽而悠遠，充滿了感動，轉瞬即逝。桃花似乎並不習慣跟人道謝，她低聲道：「其實我知道，不可能是香無塵讓你照顧我的。」

我微微一愣。

「他那樣的人，不可能拜託別人，更不可能去關心妙無音以外的女子。」桃花歎道，眼中湧動著幾分不甘和瞭然。

「我在崑崙雲頂修煉十年，其實是爲了他。我要打敗他，好讓他臣服於我，就像他臣服於妙無音那樣。」桃花抬頭看著高遠蒼空，喃喃自語似地說：「原來到頭來，還是成了一場笑話。」

我心中不由得湧起些許酸楚。十年光陰，爲了一個不愛自己的男人，眞的値得嗎？香無塵跟妙無音到底是甚來頭？妙無音對香無塵的感情到底是怎樣？我還眞是看不透。天羅地宮又是個怎樣的地方？

好多疑問盤旋在我心裡，可是看桃花這樣傷感，我實在問不出口。

「對了，你怎麼會來這兒？」桃花眼神帶著些不解，用陳述的語氣說：「宰相府的那個男人很在乎你。」

我微微一怔，隨即反應過來她說的是宇文邕。想起那日他護著我的情景，我臉頰一紅，心裡也說不上是甚滋味，回應道：「其實我跟他之間……並非如你所想的那樣。」

我跟他之間，純粹只是演戲，一直不曾眞心相信過彼此。

桃花微聳肩膀，冷歎一聲，「人就是這樣，從來不肯珍惜自己所擁有的東西。」

我眞的擁有過嗎？宇文邕對我多少是有幾分感情的吧，只是那微薄的幾分裡，除了占有、猜忌和利用，也包含一絲絲眞心嗎？

「跟你一同投宿的男子，是跟你一起私奔的嗎？」桃花挑了挑秀眉，神色透出怪異。

「不是的……」我搖搖頭，才想到我們這樣子確實易招人誤會。

我剛想多說什麼，桃花卻打斷我，淡漠而篤定地說：「他回不來了。」

「爲什麼？」我詫異道。

「中元節那日，我在清水樓等待時機，瞧見他鬼鬼祟祟潛進妙無音房裡。」桃花睇看我一眼，又道：「敢在天羅地宮頭上動土，他必死無疑。」

我驚得站起身來，斛律光潛進妙無音房裡做甚呢？雖然我不知道天羅地宮到底是什麼地方，卻也直覺妙無音絕對不是好惹的。斛律光，他到底是爲什麼？

「他是齊國的大將軍，想來她們不會輕易動他。」我底氣稍嫌不足地說，倒像是在安慰自己。他是蘭陵王的朋友，無論如何我都不希望他出事。

「哼，看來你根本不曉得天羅地宮是什麼地方。」桃花嗤笑一聲，「別說他是將軍，就算他是皇帝，她們也照殺不誤。」

我睜大眼睛看她，心中驟生驚懼，「天羅地宮……是什麼地方？」腦中卻忽然想起，我似乎曾在夢裡那片彼岸花海前聽過這個名字。

「天羅地宮是傳說中存在千年的魔教，是冥界的入口，也是人間的修羅場。沒有人知道它在哪裡，卻都知曉一件事，但凡得罪天羅地宮的人皆會死得很慘。」桃花看我露出難以置信的表情，又揚唇一笑，「可是他們不知道，天羅地宮真正可怕的那一股足以毀天滅地的力量，還尚未甦醒。」

我聽得一頭霧水，疑惑地看著她，「天羅地宮的主人是誰？妙無音嗎？」

「哼，那個賤人，她哪配！」桃花語帶不屑地哼了聲，「天羅地宮有四位尊者，即東方青龍、西方白虎、南方朱雀、北方玄武，世稱『天無四尊』。」

「天無四尊……」我喃喃地重複著，雙眉一挑，道：「香無塵，妙無音，莫非……」

「是。」桃花點點頭，眸子閃過一絲黯淡，「誰能想到江湖上變幻莫測的無塵公子香無塵，竟會是鎮守南方朱雀位的地宮尊者，而彈得一手天籟之音的妙音仙子妙無音，實際上不過是個卑劣妖女。天羅地宮，裡頭的所有人都是魑魅魍魎。」

原來這就是香無塵背後的神祕勢力，他們爲何要來爭奪青鸞鏡呢？

「那，到底誰才是天羅地宮眞正的主人？」今日桃花口中所講的一切遠遠超出我意料之外，我的腦袋吃力地旋轉著。

「知道得太多，對你沒有好處的。」桃花沉吟片刻，似在猶豫要不要跟我說下去。

「有時候，不是一無所知就能夠置身事外。」我實在很想知道幕後眞相。

「天羅地宮眞正的主人還在沉睡。不過，他很快就會醒來了。」桃花眉宇間霎時蒙上了一層惶恐和憂慮，「二百年的封印即將解開，他就是天地間最恐怖、最強大的力量。一旦他甦醒過來，天下……就要大亂了！」

「那麼可怕？」我皺起眉頭，悄聲驚道。會不會太過危言聳聽啦？

「不過這股力量也沒那麼容易甦醒，畢竟要把半神之子、半妖之子，以及青鸞鏡和離觴劍同時集於一處，即使對天羅地宮來說亦絕非易事。」桃花明豔的臉上隨即露出一抹寥落自傷的表情，「再說，就算眞的發生，那也不干我的事了。」

我像在聽天書似的，腦袋瞬間打結，只呆呆盯著她看。

桃花眼角忽然瞥見我領子中的鎭魂珠，倏忽一愣，瞧我的眼神顯得極爲驚愕。

我順著她的目光俯下頭，把鎭魂珠從衣領中拿出來，問道：「你在看這個嗎？」

「我聽香無塵說過，鎭魂珠是有靈性的寶物，只會長隨有緣人身邊，而它正是尋找青鸞鏡下落的關鍵。」桃花用審視的目光看我，伸手把玩著我頸上的鎭魂珠，「姑娘，其實你也不是個尋常人吧。尋常人只知錦上添花或是落井下石，又有幾個可以做到雪中送炭？

「即使明知道你是在騙我，卻也有片刻想要相信，是香無塵要你救我的……哪怕只有一星半點也好，能相信他心中其實是有我的……即便明知道這是假的，可是你爲我所做的一切，桃花感激在心。」

「清鎖只是個再尋常不過的凡人，所以才會有以己度人的惻隱之心。我不求桃花姑娘感激，只希望姑娘以後能快快樂樂的，再無需要我雪中送炭的一日。」

這話我說得認眞誠摯，桃花眸裡瞬間閃過一道明光，震撼之中帶有幾許哀傷。

忽然，她一掌朝我揮來，動作極快，快得讓我來不及閃躲，卻沒有想像中疼痛。乍覺到彷彿有一團熱氣，順著她的手掌汩汩流入我的五臟六腑，滾燙地翻騰著。

我不解地望向她時，桃花臉上展露出釋然的笑容。

「顏婉所下之毒不足爲懼，香無塵那一掌……其實也並非致命。」對著我笑的桃花看起來是那樣淒涼又美豔，她接著說：「眞正震斷我心脈的，是妙無音那一掌！她在指甲裡藏了天羅香，刻意延了我七天的命，讓我慢慢油盡燈枯，臨死還以爲是香無塵下的毒手。」

一道粉光自她掌心傳入我體內，我胸中霎時似有萬馬奔騰，熱浪滾滾。

我僵在半空，動彈不得，半炷香工夫過後，桃花收回掌勢，虛弱地癱倒在床上。

突然，她滿眼不甘地扯住我衣袖，說：「我與妙無音從小一塊在天羅地宮長大，沒有人比我更瞭解她了，她外表有多高潔冷傲，內心就有多陰險狡詐。香無塵……他實在不該愛上這樣一個人！

「清鎖，我苦練一生的功力已全都傳給你了。我現下只剩這一口氣，你答應我一件事好不好？」桃花臉色蒼白如紙，似雪花般近乎透明。

「桃花，爲什麼……」我大驚，她把功力都給我了，那她該怎麼辦？

「你別說話，聽我說……我的時間不多了。」桃花皺眉打斷我，虛弱地笑道：「我的命還有多久，我自己清楚得很……反正留著也沒用，不如都給了你。」

「我……」

「二百年前，玄武隨著天羅地宮的主人一同沉睡，我本是做爲玄武的替代品而存在的。」桃花將手上一枚刻著桃花圖案的粉玉扳指放在我掌心，「我卻愛上了香無塵……」

桃花微瞇起眼睛，唇角隱含著笑，似是喚起了遙遠的回憶。

「可是妙無音，她對他不會有眞感情的……清鎖，答應我，幫我守護無塵……幫我給他快樂……不要讓他再寂寞下去……別讓任何人傷害他……好不好？答應我……好不好……」

「我答應你，我答應你。」看她哀求的樣子，我只能一味應承，握著她冰冷的手，忍不住輕輕抽泣起來。

那餘音如螢光，縷縷飄散在四周的空氣中，隱約有桃花香氣散溢。

桃花闔上眼睛，面容沉靜而安詳，只是眉宇間猶暗藏一絲眷戀之情……

我握著那枚粉玉桃花扳指，望著眼前漸漸失去氣息的女子，淚如雨下。

3

出了清水鎮，往南的山麓附近開滿了美豔絕倫的牡丹，這是通往金墉城的必經之路。十日了，斛律光仍然沒有回來。我再也無法等待下去，必須得做些什麼把他救回來。

可我一個人勢單力薄，爲今之計，最妥善的方法就是先去金墉城找蘭陵王，再動用他的勢力去尋斛律光。我沿途問路，走得離金墉城近了，卻發現方圓百里的樹林中偶見火光和炊煙，似有人在遠處安營紮寨。

我抵達金墉城時已是傍晚，牆外有百姓不停來回奔波地挖溝堆土，像是在砌戰壕。其中甚至包括婦孺，人人神色凝重，一副如臨大敵之態。

城門口的士兵將我攔住，上下打量了我一番，狐疑地問道：「你是什麼人？」

「我是來找蘭陵王的，早已跟他有約。我是……他的朋友。」我禮貌地回答，一想到就要見到他了，心中按捺不住雀躍和緊張。

那士兵臉色一黯，眼底像是噴出一股火，大聲喝斥道：「卑鄙，上次的刺客假扮成老翁來刺殺咱們將軍，這回又派個女人來！」他說著，不由分說地一刀朝我劈來。

我嚇得往後一閃，身子忽然騰空而起，輕飄飄飛了出去……我大驚不已，轉眼間身輕如燕地飄到數米高的城牆上。城樓上的士兵一時也驚得愣住，紛紛拿見到妖怪的眼神看著我。

自從桃花把功力傳給我後，我就覺得自己體內好像產生了某些變化，不僅耳清目明，動作也比以前敏捷許多，現在居然還會飛了！

城樓上的士兵緩過神來，將我圍在中間，一擁而上。我左閃右避，急急辯解道：「蘭陵王呢？我真的是他的朋友！」

「蘭陵王根本不在城內，這款招數用得太多了！」領頭士兵憤恨地說，一刀剛要劈過來，我忽然伸手指著他背後，雙目瞪得溜圓。

夕陽西下，昏黃暮色之中，只見城樓下方出現成群的黑衣軍隊，正以迅雷不及掩耳之勢像漲潮般奔湧過來，一時間殺聲震天。

牆外在挖戰壕的人們愣住片刻，趕緊逃回城內。城門未及關上，遠處即見火箭欻欻飛射而來，射在那些百姓背上，燒著了他們的衣服，頓時響起一片慘叫。

守城的將領早已顧不得我，一面指揮百姓後撤，一邊指揮士兵們奮起抵抗。

登時戰火滾滾，硝煙沖天……嘶吼聲、哀鳴聲、戰鼓聲、金屬碰撞聲，在我耳畔嗡嗡作響。原來這就是兵臨城下的感覺！

一下接一下連綿不絕的撞擊聲傳來，對方的黑甲兵正舉著巨大圓木猛撞，城門已然搖搖欲墜。遠處傳來孩子的哭聲，那麼清脆，那樣撕心裂肺。

城樓下已架起梯子，密密麻麻的敵軍攀沿城牆爬上來，周圍的士兵拚命往下方投擲石塊。石塊就快要用盡了，黑甲敵軍還是源源不斷地擁上來。

城，眼看就要破了……

我側過頭，恰瞧見守城戰士表情剛毅，舉著最後一塊大石砸落下去，眼中卻透出深深的絕望和哀慟，喃喃自語道：「敵軍狠辣，若是守不住，恐怕他們頭一件事就是屠城……」

我被眼前這一幕所震撼，上次所睹見的戰場慘烈，哪及得上此時的萬分之一？滿目蒼涼之下，連我這局外人都要跟著絕望了……

就在這時候，哀號聲忽然停止。我聽見身邊有人激動地喊著：「蘭陵王！蘭陵王！」

守城的士兵們眼前乍亮，彷彿一瞬間看到了生的希望。

只見遠處有一隊人馬，踏著滾滾白煙洶湧奔近，馬蹄聲整齊而沉穩。敵軍見了，竟收斂住兇猛攻勢。

一隊身著銅色鎧甲的人馬迅速馳到城下，領頭之人迎風策馬，長髮烏亮，一襲白衣勝雪，水袖翩然，銀色面具在熹微暮色中泛著清冷光輝。

乍見之下，我心頭一熱，幾乎哽咽出聲，眼眶瞬間溢滿了酸楚……

城樓上的士兵個個喜難自抑，就像在最絕望灰暗的谷底中看到了曙光。他們激動地喊道：「蘭陵王！蘭陵王來了！」

我呆呆地看著他，彷彿整個世界陷入無聲靜寂。蘭陵王，我終於又見到你了嗎？爲何你總在我最無助、最需要你的時候，英姿颯爽地出現在我視線之中？

此時城門依然緊閉，有士兵忍不住趴在城樓上大喊：「快開門，蘭陵王回來了！」

「不許開！」城下卻有個聲音沉沉吼道，正是方才揮刀阻攔我的將領，「戴著蘭陵王面具的人未必就是蘭陵王，你怎知那面具下的人是誰？你怎知這不是敵人破城的計謀！」

這話不無道理，眾人皆是一愣。

「上次就有人冒充蘭陵王來攻城，咱們怎可再上一次當？」他的聲音洪亮如鐘，同樣驚疑不定，想必期待來人是眞的，卻又不敢貿然相信。

就在這時，城樓底下那名殺氣騰騰策馬而至的白衣男子，白皙修長的手指忽然撫上猙獰的銀色面具。

灰色城樓上，天空顯得十分高遠，大片玄鳥呼嘯而過，留下華麗而斑駁的陰影，映著暖黃的夕陽，搖曳成一幅壯麗悲涼的畫面。

蘭陵王緩緩摘下了面具。

清風四起，他烏亮的長髮飄飛在蘭陵蒼涼的風中。我眼前一亮，光芒奪目，不由得屏住了呼吸……那是一種無法用言語描述的美，可以讓人連呼吸都忘記。

緋紅穹空下，玄鳥悲鳴，黑色羽翅遮天蔽日，赤色夕陽揮舞著淒迷妖豔的光芒。

面具下的蘭陵王，極美的鳳目顧盼生輝，白皙絕美的臉孔，傾城絕代。

霎時間，天地失色，日月無光。

第二章　楊柳青青渡水人

如果說香無塵是嫵媚妖豔的絕色，帶著一抹陰邪氣息。那麼蘭陵王的美就像一種氣象恢弘、掩蓋天地，彷若晨曦般的光芒，可以照亮萬物和人心，熹微溫和又令人窒息，美得超脫塵世，美得……驚天動地！

1

金墉城一戰大捷。犒勞將士，舉軍狂歡。

時值北方之秋，夜間泛著刺骨的涼意。營帳旁生著篝火，頓時溫暖如春。

蘭陵王甚得人心，所到之處，眾人皆是景仰又感激地看著他。

他的笑容很美很美，雖然淡淡的，卻是和煦得毫無距離，讓人光是看著，就像浸於彩暈華光之下。據說他素來親和，此時更與將士們分食著瓜果，帳子裡暖氣盈盈，美酒和水果的香味徐徐流淌，微醺的空氣引人沉醉。

我窩坐在角落裡，乍覺猶如置身一場飄忽而美好的夢境，有種強烈的不眞實感。這時候，眼前閃過一道飄逸人影，一瓣粉白的蘋果同時出現在視線內，握著它的手好漂亮，白皙修長，無可挑剔。我的目光逐寸往上移，心跳莫名地劇烈起來。

蘭陵王居高臨下俯視於我，兩人如此靠近。

我愣愣看著他，呼吸再一次凝住……他的美，果然是無法用言語來形容的。

如果說香無塵是嫵媚妖豔的絕色，帶著一抹陰邪氣息。那麼蘭陵王的美就像一種氣象恢弘、掩蓋天地，彷若晨曦般的光芒，可以照亮萬物和人心，熹微溫和又令人窒息，美得超脫塵世，美得……驚天動地！

白皙無瑕的臉龐，秋水般的漆亮眼眸，儼似一汪澄澈無際的湖水。鼻梁直挺，睫毛纖長如蝶翼，濃密上翹，眉目彎彎如新月，唇色嫣然若情花……人世間簡直找不到適合的言語可以用來形容這樣的他。

他見我著魔似地盯看他，唇邊隱含一絲笑意，晃了晃手中的粉白蘋果，「怎麼，你不要？」那聲音堪比高山流水，悠遠清淡，泠然而動聽。

我臉頰一紅，猛地意識到自己失態了，匆匆移轉目光，羞赧地接過那瓣蘋果，怏怏道：「原來……你這麼喜歡戲弄人。」

其實，在瞧見他的眞實容顏之後，我才恍然想起——在現代的時候，似乎也曾聽聞過蘭陵王乃是「歷史上數一數二的絕世美男」這個說法。只不過爺爺總堅持讓我讀正史，而蘭陵王又與皇位絕緣，我對他的印象才並不深刻。話又說回來，在現代的時候，我哪裡能想到有一天，我竟會穿越到南北朝，見到蘭陵王本人呢！

腦海中那些關於蘭陵王的淺薄印象，此時隨著他的絕世俊顏一同浮上心頭。依稀記得他的一生是個悲劇，最後會被他的哥哥還是弟弟，賜下一杯毒酒。

想到這裡，我胸口驟然一痛。

蘭陵王微挑秀眉，靜然凝視著我，似是有些不解。

「明明生得這樣好看，卻偏偏要戴個猙獰的面具……人家還以為你毀了容呢，哪知道……」我的心明明湧起一股酸澀，口氣卻微含忿忿。

可當我看著他露出無辜的表情，極美鳳目璀璨生輝，心竟漸漸平靜了下來。

只見蘭陵王那一張俊臉在橘紅火焰光輝映照下，顯得格外迷離俊逸，我突然回想起往日自己還傻傻跟他說甚「我不會嫌棄你」這樣的話，現在簡直想把自己的舌頭咬掉。

聽了我的話，蘭陵王微微一怔，似頗無可奈何，唇邊漾起一抹漣漪般的淺笑。

「我們將軍驍勇善戰，偏生因為容貌俊美不能威嚇敵人，所以才以面具示人，這怎能算是戲弄姑娘呢？」方才守城的那名將士喝得有些醉，踉踉蹌蹌走過來搭話。

原來是如此呀，我無言以對，心中仍有幾分羞憤之情無法排解。此刻內心深處，竟隱約希望他不要生得這樣絕美出眾，光是看著都教人自慚形穢。

「是啊，長得美又不是他的錯！」

因為激動，這話說得大聲了點，那將士看我這樣子，不由得哈哈笑起來。這一笑可倒好，漸漸的，周圍的士兵也紛紛跟著大笑。

我臉一紅，面子實在掛不住了，又羞又怒地瞠了蘭陵王一眼，轉身跑出營帳。

古銅色月亮高懸在深藍天幕，稀朗的星光好似水鑽，閃耀著迷離光暈。夜涼如水，冷澈的風中透著淡淡青草香。

金墉城淳樸苦寒，與周國皇族府中的奢華景況形成對比。

枯黃的草地上，幾株楓樹微露赤色，秋意漸濃。我倚樹站著，十指絞著袖帶，平生頭一次體會這樣起伏不定的情緒，心頭小鹿亂撞。

「對不起。」他的聲音寡淡，聽在我耳裡卻帶著無盡暖意，霎時溫暖了這涼薄的秋夜。

完全沒想到他會追上來如此鄭重道歉，我不由得錯愕地回過頭去。

「那日，我沒有遵守約定。」夜色下，他的長髮流瀉如瀑，美瞳映著清冷月光，燦如寒星，寧靜幽遠。

原來是為了那椿。不過經過這麼久，我的氣也差不多消了。

我調皮一笑，說：「是啊，你可是害我在城門下苦等了一夜呢，你打算如何補償我？」

他微微怔住，復又淡笑道：「你想要我如何補償？」

「養我一輩子吧。」我脫口而出，然後歪著腦袋看他，「我要求不高的，也不需要錦衣玉食，只消給我一間臨水的大房子，偶爾吃些燕窩鮑魚就行了。」

回過頭偷覷，只見他怔忡片刻，唇角微揚，湖水般的眸子盪出清淺笑意。怎麼他每次見到我，都是這種無可奈何的笑容哩？

我猛地驚覺自己又失言了……養我一輩子，這句話說得好曖昧，情不自禁就凝結了那麼濃、那麼深的眷戀。

「斛律將軍說你並不打算離開周國，還說你言談得體、膽色過人，看來兩者都遠非如此呢。」明朗月光下，蘭陵王手上晃動著幾頁信紙，一臉無辜道。

我好奇地走過去，把信紙接到手裡。一看到滿張密密麻麻的毛筆字，我後腦立時浮現出兩條黑線。斛律光，你要不要這麼囉嗦啊，居然把我在皇宮賭局上訛人，還有爲了蘭陵王沒來找我而暴怒落淚的細節全都寫下來了，眞是比我在現代寫部落格還要詳細！

「這個斛律光，不挑些緊要的寫！」我臉上一陣潮紅，快快地斥罵著，腦中忽然想到了什麼，驚道：「對了，斛律光他……」

「他有幾天沒來信了。」蘭陵王面色乍沉，聲音漸趨凝重，面上雖仍是淡淡的，眼中卻滿顯憂慮，「他是小心謹愼的人，即便遭受敵人圍攻也會想辦法傳消息出來，做事永遠留有後路。可是這次……」

「他沒告訴你他要去做什麼嗎？」我一愣，以斛律光跟蘭陵王的關係，他明知自己要去做那樣危險的事，沒有理由不給蘭陵王交代一聲啊。我馬上接著說：「他讓我在清水鎮等他十天，如果他沒有回來，囑我自己過來金墉城找你。」

「清水鎮……」蘭陵王沉吟片刻，凝眸望向我，「這小鎮地勢隱蔽，多年來太平無事，他怎會在那裡出事？」

「你聽說過天羅地宮嗎？不知爲甚，他好像惹上了那裡的人。」我老實回答。

乍聽到「天羅地宮」四個字，蘭陵王猛然一驚，湛深眸子泛起一陣波瀾，眉心蹙起，似是頗不敢置信，低沉地重複道：「天羅地宮……」眼神中隱約掠過一抹轉瞬即逝的恨意。他如鑽清透的黑眸，向來好似觸手生溫的寶玉，寧靜平和，泛著寡淡的涼意。這回似乎是我第一次在他眼中窺見明顯的情感波動。

「那晚他潛入天羅地宮四尊之一的妙音仙子妙無音房裡，之後就再也沒現身……」我看蘭陵王這樣子，明曉事關重大，便想把我所知道的事情都告訴他。凝神回想了一會，我又接著說：「對了，聽說妙無音她們隨行帶來了一只大箱子，斛律光好像就是衝著那箱子去的。」

其實這純是我的直覺，不過也合情合理。不然他怎會挑在荷花盛開那一夜行動呢？多半是因爲他瞧準妙無音那時會在外頭賞荷，特意挑她不在的時候潛進她房裡。

蘭陵王沉默不語，似是在思忖著什麼。

「對了，我們可以去悼念山！」我靈機一動，「香無塵一個月後會出現在那裡，我們可以從他口中打探到斛律光的下落！」

「無塵公子，香無塵嗎？」蘭陵王揚眸問道，黑鑽瞳仁晶瑩如水，四目相對的瞬間，我的心怦然一動，局促地別過頭。我極力讓自己聲色如常，「是，他也是天羅地宮的人。不過『悼念山』這個名字好奇怪，你知道在哪兒嗎？」

古代的山名跟現代應該不會差很多吧，五嶽名山我都聽過，卻沒聽過這座「悼念山」。

「古書上曾有記載，有鳳凰死在一座山上，群鳥每年七、八月便會到此山中來悼念牠，過十七、八天才散去。故此山叫『悼念山』。」蘭陵王緩緩言道。

「啊，香無塵總說自己是朱雀，原來……」我一時找不到合適的措辭，頗有些無厘頭地說：「跟鳥有關哪！」

蘭陵王清淺一笑，目光如玉地望著我，「《山海經之大荒西經》書中提到一種五彩鳥，有三個名稱，叫皇鳥、朱雀及鳳鳥。可以說，朱雀就是鳳凰。」

「啊，這麼說來，原來香無塵是鳥類……似乎還是百鳥之王呢！」我傻傻地說，只覺得他讀過的書可眞多。而香無塵的身分又那麼匪夷所思，想起他那張異常嫵媚妖豔的臉，轉瞬又想起了桃花，心中浮上一絲哀傷，「我有個問題想不明白……你們男人都是這樣嗎？認眞想了再回答我。」

「好。」蘭陵王波瀾不驚地回答，似已習慣了我跳躍式的思維。

「爲了你深愛的人，你會殺死一個深愛你的人嗎？」我輕聲啓問，心中瀰漫著迷茫、疑惑，還有一絲絲忐忑，害怕他說出的答案會引我恐懼。

不知道爲什麼，我總隱隱擔心著桃花的命運會重現在我身上。得不到愛情的結局，是那樣令人心碎心寒。

我不曉得他心裡是怎樣看待我的，我只知道……他對我來說，已非能輕易割捨的存在。

蘭陵王沉吟片刻，似是認眞考慮著這個問題。

「我不知道。」他突然抬起頭，目光清亮地看向我，黑眸中流動著玉般光澤，淡淡言說：「也許吧。」

「那我呢……如果那個人是我，你會那樣做嗎？」我衝口問道。話出了口，才覺得這話問得太不矜持，且不著邊際。天知道，我並非存心向他表白，我只是……莫名地擔心而已。

臉頰一陣灼熱，心跳劇烈加速，我低下頭不敢看他。

時間彷彿凝結住了。

冷月如霜，樹影婆娑，夜風襲來，發出輕微的沙沙聲響。

四周一片寂靜，良久良久未聞回答。

我忍不住抬眼看他，卻正迎上他的目光。一雙極美的鳳目，在月光清輝下放射出瀲灩波光，瞳仁中恍似瞬間湧動著微驚、迷茫、隱忍、歉疚、猶疑，以及一絲難以捉摸的意味。

「呵呵，我說笑的……好冷啊，夜已深了，我該回去就寢了。」我語無倫次，訕訕地笑著，連轉身的動作都那麼倉皇，落荒而逃似的奔出了他的視線。

隱約之中，仍能感覺到他的目光落在我背後，那樣清淺，帶著一點錯愕，又似有幾許猶豫和無奈。

嗜睡的我初感長夜漫漫，倚門而立，衣裾迎著夜風翩然飛舞。

仰頭望著夜空，古代的星空璀璨奪目，絕美得好似一場幻覺——就像蘭陵王一樣。

我輕輕念著他的名字「高長恭」，心中湧動著一股難以言說的悸動……甜甜的，又微帶酸澀。他對我，也會像我對他一樣嗎？

原來心動的感覺就是這樣呀，不知不覺間，竟已被他奪去了所有思緒。

可是，不眞正動情的人，才不會受到傷害啊……

其實我並不是個堅強的人，我很怕輸的。

2

昨晚徹夜未眠，直到清晨時分我才昏睡在床上，再醒來時已是暮色四合。

我站在窗邊伸了個懶腰，心想在這人人勤奮的古代世界，像我這樣一覺就睡去大半天的人，肯定會遭到眾人鄙視吧。

推門走了出去，天地間淨見一片迷離紅景，夕陽晚照，緋紅的暮色染紅了沾霜的楓葉。幾株秋海棠猶自倔強地盛開著，花影搖曳，暗香浮動。

「欲說還休，卻道天涼好個秋。」我深吸一口氣，喃喃自語。

自從接收桃花的功力，我越發覺得自己身體變得輕盈許多。正想著，忽然一陣涼風襲來，樹影劇烈地搖晃，眼前倏地落下一樣褐色物體，其中有一抹看起來鮮活可愛的鵝黃影子。

我下意識趨前一步，動作敏捷地伸手接住，原來是個小小的鳥巢。巢裡頭還有隻幼鳥，嘴是嫩紅色的，烏溜溜的小眼睛好奇地瞅著我，小腦袋毛茸茸的，可愛極了。

我把鳥巢托在掌心裡，想了想，後退幾步，向樹上縱身一躍，身體果然輕飄飄地騰空而起，落在粗大的樹枝上。由於控制不了內力，我險些失去平衡，往後一仰，手臂在空中亂舞一氣，終究還是站穩住了。

我輕輕把鳥巢放回樹杈上，伸出食指摸摸牠毛茸茸的小腦袋，唇邊不禁揚起暖暖笑意。

就在這時，忽然有什麼掉到我的衣領內，涼涼的，好像還在蠕動。我抬起頭，只見樹枝上稀稀落落掛著許多紅色毛毛蟲……我生平最怕這種好多腳的昆蟲，光是看著就頭皮發麻，現在居然落到了我身上！

頓時間只覺得眼前發黑，脊背一陣發涼，我全身的汗毛都豎起來了，觸電一般跳腳，再也站不穩。我尖叫一聲，整個人從樹上跌落下來……

迎接我的，卻是一個暖如春風的懷抱，勝雪白衣晃動在眼前，明麗無限。

我腦中仍一片空白，根本不及去想別的，忙掙開他的懷抱，一邊尖叫一邊跳腳，背上還是涼涼的，怎麼也甩不掉。我心中恐懼又焦急，一把脫下粉色輕紗外衣，隱約看見上頭有個紅色小點，我手一陣發麻，又尖叫一聲，奮力甩出去數丈遠。甫獲大赦，我微微吁了口氣。

突然想起背後有人，那懷抱中妙如春風的清香，明麗勝雪的白衣……接住我的人，定是蘭陵王了。我猛地回首望去，他正詫然看著我。

一陣微風襲來，肩膀泛過一絲涼意，我這才驚覺，自己把外衣甩將出去，如今只穿了單件白錦繡蘭花綴銀絲邊的淺色肚兜，脖頸和手臂都裸在外面，露出大片雪白肌膚。

又憶起方才自己在他面前手舞足蹈脫衣服的情狀，這在他眼裡定然狼狽又荒謬，臉頰不由得火燒似的發燙。明明日落西山，天氣越發涼了，肌膚表面也是冰涼的，卻從內裡泛出一股熱氣，混合在一起，有種異樣的煎熬……

我伸手環抱住自己，一隻手局促摩挲著肩膀，有些無措地站在原地，真恨不得挖個洞把自己埋進去。如果是在別人面前這樣出糗，我或許會不以為意地一笑置之，偏偏是他！我的一舉一動彷彿都不受控制了，有些僵硬，有些局促，不再像是平常進退有度的端木憐。

樹上傳來清脆的聲聲鳥鳴，夕陽已完全隱沒在遠方層疊的山巒後面，天空呈現一片迷幻紫色，楓葉嫣紅，在夜風中搖曳如蝶。

蘭陵王忽然一步一步走近我，俊美面容在絕美的暮色中忽明忽暗，閃爍不定。他寧和地看著我，湖水般眸子泛著幽美之光，深邃無比，彷彿要將我融化。

肩上一暖，他將白色外衣披在我身上，衣袍上殘留著他的溫熱和味道，寡淡清香，沁人心肺。而他微涼的手指觸到我的肩膀，比起我的肌膚卻要暖得多，只覺溫潤如玉。

我抬眼看他，目光微微一顫。我離他這樣近，近得幾可感受到他胸膛隱隱透出的熱力，就像我尋找已久的溫暖。我的心忽地軟弱起來，所有理智消失殆盡，心中一動，突把身子往前傾，雙手環在他腰上，緊緊地抱住他。

蘭陵王身上漾著清朗高潔的涼意和暗香，懷抱卻是溫暖無比。他身子一顫，似乎有些愕然，半晌，才把雙手搭在我肩膀，輕輕回抱住我。

我心中一暖，抱他抱得更緊了些，臉頰輕輕摩挲著他雪花似的白衣。他烏亮的長髮飄揚在晚風裡，拂在我面上時，癢癢的，輕輕的……

這就是幸福的感覺嗎？

在他懷抱裡的我，覺得好溫暖、好心安。這是我此生第一次有這樣的感覺，彷彿在塵世間隔離出一片澄淨的天地，沒有孤單，沒有無助，只有自己怦然的心跳聲……

「不要再離開我了，好不好？就這樣，一生一世相伴，好不好？」我的聲音悠遠如月光，軟弱得彷彿不是自己。

穿越到古代以來，內心深處的自己其實一直是孤單而無助的。也許因爲這樣，我才會那麼輕易地愛上了他——在這個世界裡第一個保護我，給我溫暖的人。

我不想再離開他，不想再獨自承受那些複雜紛亂的世事。

良久，蘭陵王的手輕柔撫著我的髮絲，聲音微有波動，卻是難以捉摸，語調中彷彿包含了一絲猶豫和無奈，以及淺淺的寂寥和歉疚，「別這樣……你會後悔的。」

「我不會。」我飛快地接口道，抬起眼，無比接近地凝視他。

十幾年來，我從未像今天這樣，清楚知道自己想要什麼。

想起嗜血沙場上，他將我輕輕抱起，極美鳳目中那若隱若現的憐惜讓我在這陌生的亂世中初次感受到心安。他是第一個無條件對我好的人，他總是救我、保護我，不管是有心還是無意，他都已經是我心裡最信賴的人。雖然他也曾失約，讓我孤單地在城樓下苦守一夜，可是這一次我既然找到了他，就不想再放手！

蘭陵王輕歎一聲，擁著我的手稍稍添力，將我摟得更緊了些。好長一段時間，他沒再說什麼，只這樣抱著我。

我把頭重埋在他懷裡，隱隱感覺得到，彷彿有甚不可逾越的東西橫亙在我們中間……可我此刻什麼也不願意想，只希望時間停止，讓我就這樣靠在他暖如春風的懷抱裡，直到天荒地老。

3

斛律光是北齊名將，也是蘭陵王的朋友與知己，他出了事，蘭陵王自然不會置之不理。怎奈我這位心上人不但是蘭陵封地的王，也是齊國驍勇善戰的大將軍，手頭有好多公務要交代，一時脫不開身，不能馬上跟我啓程去悼念山。

清晨，我破天荒地起了個大早。都說神采奕奕是陷入戀愛的一大症狀，我現在這個樣子不知道算不算哩？

我一邊伸著懶腰，一邊四處亂晃，印象中自己很久沒有晨運了。

金墉城四面環山，清晨早起，果然空氣清新，且可聽見鳥鳴山澗。遠處山峰繚繞著霧氣，遠遠看去，美不勝收。

我忽然萌生了雅興，想往那雲霧繚繞的山裡走一走。

腦中情不自禁地回想著我與蘭陵王之間從初見開始的點點滴滴，唇角不自覺泛起一抹甜蜜的笑，可是心底，卻又隱約地忐忑不安……爲什麼當我抱著他的時候，會覺得他心裡彷彿有一堵透明的牆……那是一種無法言喻的感覺，像是彼此間隔著一層透明玻璃，明明近在咫尺，看得清清楚楚，卻又無法眞正碰觸……

想著想著，已經走出城很遠，山裡頭也許因爲有溫泉的緣故，比山腳溫暖許多。山間草地綠茸茸的，竹林翠色欲滴……隱約傳來潺潺的流水聲，我循著水聲走去，行至蒼翠竹林盡頭，我倏忽一愣，此處竟是別有洞天的一塊天地！

眼前豁然開朗，雪花一樣的蒲公英和細小粉白的花瓣漫天飛舞，碧色草地之上點綴著五顏七彩的繁花。一條亮如明鏡的小溪緩緩流淌其間，無數花瓣漂浮在水面上，草木凝香。

我溯著小溪往前走，乍見溪水流入一片翠碧湖池，萬頃蓮花盈盈綻放，接天的田田蓮葉嫩綠欲滴，光看著都覺得無限清涼。我呆呆看著這片湖光山色，只覺眼前景致唯美得無法形容，相比之下，更顯現出楊萬里的才華。好一句「接天蓮葉無窮碧，映日荷花別樣紅」！

晨曦微薄旭光下，蓮花粉紅嬌豔，映著波光粼粼的湖水，錦鯉穿梭其中，隨著水波搖曳生姿。湖水中間有座白色的女子雕像，細看之下，我不由得又愣住一次。段譽看到畫像上的神仙姐姐之時的震驚，大概就是這個樣子吧。

那尊雕像杏眼櫻唇，尖尖的下巴我見猶憐，雙鬢臨風，袖帶翩然，款款立於湖水中央，直如仙女下凡。光是雕塑便得如此美貌和神韻，可以想見倘若眞有此人，其本人樣貌必是沉魚落雁、閉月羞花的絕色之容。

世間眞有這等姿容的絕色女子，恐怕亦只有俊美無儔的蘭陵王可與之匹配吧！我腦中莫名冒出這款想法，僅只這樣想著，心中就生起一股自慚形穢……別過頭，乍見蓮花湖旁邊不遠處的空地上立著兩株梨樹，粉白花瓣如雪片紛紛而落，落英飛舞，香雪似海。

樹旁有一座小樓，上下兩層，木頭樓梯迴旋四周，通向右側稍高的塔樓，做工布局都十分精緻。粉白花瓣飄落到門前的地板上，隨風緩緩浮動，碎香如塵。大門正中掛著一塊紅木牌匾，筆法飄逸，雕刻著「洛水沁雲居」。

我輕聲念著，頗覺耳熟，回頭望了望潺潺流水，蜿蜒似鏡，枝上梨花團團簇簇，如朵朵潔淨的雲。嗯，如此動人美景，這名字還真取得雅致而貼切哩。

我更不禁想像著，能一起住在這裡的人，該是什麼樣的神仙眷侶。

走出兩步後，便見到兩株梨樹中間有架爬滿花藤的木鞦韆，隨風輕輕搖晃著。鞦韆索上纏繞的花藤開著紅色小花，點綴在一簇濃鬱的墨綠色間，尤顯嬌豔。

梨花似海，冷紅鞦韆索。

如此瑰麗的景致，引我不禁有些陶醉，忍不住坐到鞦韆上，一下一下地盪著。大片花瓣凌空飛舞，我的輕紗水袖也隨風飄揚在風裡。

我抓著鞦韆索，身子往後微仰，鞦韆越盪越高。空氣中氤氳著花香，眼前的一切唯美如夢境，粉色百褶輕紗裙裾隨風飛揚，在空中綻放如煙火。

好久沒有這樣自由了！花瓣漫天飛舞，清香縈繞鼻間……我闔上眼睛，心情盪在雲端，輕聲唱著那首張韶涵的〈夢裡花〉：

唯一純白的茉莉花，盛開在琥珀色月牙，

就算失去所有愛的力量，我也不曾害怕。

……

清澈的藍色河流，指引眞實方向，
穿越過風沙，劃破了手掌，堅定著希望去闖。
唯一純白的茉莉花，盛開在琥珀色月牙，
就算失去所有愛的力量，我也不曾害怕。
……
穿越千年的石板畫，刻畫著永恆的天堂，
輕輕拭去滿布全身的傷，我從不曾絕望。

鞦韆一盪一盪地搖晃在天際，就好像在飛翔一樣。伴著餘音繚繞，我這才發現，原來自己的歌聲眞的很好聽。

這時，背後忽然襲來一陣勁風，蘊含著極大的力道，且十分疾速。我雖然感覺到有動靜，卻是躲不開，還沒等緩過神來，腰間已被一道白色孔雀翎緊緊纏住，向後飛了出去。

孔雀翎被人抽緊，我也跟著飛速旋轉，輕紗衣角飄動如盛開的花朵。因爲轉得太急，腦中一陣眩暈，我的身體忽然又被一雙有力的手固定住……他的鼻息溫熱，隱隱含著一絲熟悉的味道，似在哪裡聞到過，卻又想不起來是在哪裡……

我睜開眼睛，乍見一張梨渦淺笑的俊美臉孔，隱隱透著蠱惑的妖魅，媚眼如絲，竟是香無塵！他手中的孔雀翎收得很緊，我無比接近地站在他面前，鼻尖幾乎就要碰到他線條嫵媚的下巴。

見到我，香無塵同是一怔，挑挑秀眉道：「元清鎖……怎麼是你？」

他的手還扶著我的腰，我盯瞧著他美豔的臉孔，回想起桃花臨終的囑託，心中一酸，眼中隱有一股怒火噴薄而出。狠狠地瞪視他一眼，我冷聲說：「怎麼，抓錯人了嗎？那你還不快放手！」

對上我悲憤的目光，香無塵一愣，不解地凝視我片刻，扶在我腰間的手反而更收緊了些，嬉笑道：「我欠了你的銀子嗎？怎麼對我這樣兇？」隨即歪著頭看我，露出一臉無辜狀，「你唱的那首歌很好聽呢，再給我唱一遍好不好？」

「你莫名其妙跑到這裡，不會碰巧是來聽我唱歌的吧？」我一把掙開他，沒好氣地翻翻眼睛。我心裡也暗自驚奇著，香無塵怎麼會出現在這裡？

「我是來找蕭洛雲的。」香無塵柔媚地眨了眨眼，像是覺得告訴我也無妨。他唇角透出一抹戲謔，繼續說道：「剛才你背對著我，我還以爲你就是她呢。不過正臉實在差太多了，聽說她可是個傾城美人哩。」說著頓了頓，神情似在認眞思忖，喃喃自語道：「不知道她會美到什麼程度。」

聽他這樣直白地抨擊我的容貌，我後腦立時浮現三條黑線，牙都要咬碎了，紅著臉忿忿吼道：「喂，香無塵，你別以爲自己長得好看就了不起，我起碼是個貨眞價實的女人，不像某些人那麼像人妖！」

「人妖？」香無塵腦袋又是一歪，似在思索這個新名詞的含義，尖尖的下巴露出漂亮弧度。他大概也猜到這不是什麼好詞，立即嫣然一笑，「我本來就是妖啊。」

我氣結，白了他一眼，甩甩袖子轉身就走。走出幾步，我又忽然站住，回過頭狐疑地看著他問說：「你所說的蕭洛雲是誰？你爲什麼找她？」

洛雲……洛雲，這個名字我曾在阿才和斛律光口中聽到過，雖然不知她是誰，卻隱隱覺得，她與蘭陵王之間肯定有什麼關聯……不知跟香無塵口中的蕭洛雲，又是不是同一個人？

「不關你的事，就甭管那麼多了。」香無塵眼神倏忽轉爲凌厲，「你回去告訴蘭陵王，三天之內把蕭洛雲交出來，否則啊，斛律光恐怕就要化爲一灘血水了。」語罷悠悠回頭，朝背後使了個眼色。

眼前驀地掠過翩翩白影，突見四名身著白衣的妙齡女子手握一片輕紗，自四角飄然飛來，斛律光就躺在白紗中央，他雙眼緊閉，面色蒼白。四女忽而四散開去，白紗驟然碎裂，斛律光跌落在草地上，仍是緊閉著雙眼，毫無半點生氣。

我見狀一驚，忙跑過去扶起他，他鼻息微弱，渾身是傷。

我抬頭瞪著香無塵，驚怒道：「你把他怎麼了！他與你無冤無仇，爲甚要下此毒手？」

「不關我的事啊，誰讓他救走了蕭洛雲呢。」香無塵滿臉無辜狀，秀眼微瞇，唇邊再現一抹戲謔的笑，「說起來，你離開宇文邕跑到這裡來，是爲了蘭陵王嗎？那你又知不知道，這『洛水沁雲居』是個什麼地方？」

我一愣，洛水沁雲居、洛水沁雲居，難道……

「洛水沁雲居就是蘭陵王建給蕭洛雲的——此已非甚祕密了，很多人都知道的。」香無塵似乎覺得我此時的表情很有趣，饒有興致地看著我說：「蘭陵王和蕭洛雲青梅竹馬，一直把她帶在身邊。蕭洛雲生來體有異香，容貌也是傾城，可是五年前，不知爲何原因她忽然失蹤了，就連我們天羅地宮都費了好大勁才把她找出來。」

我心中彷彿有什麼倏忽一沉……這樣仙境般的洛水沁雲居，原來是他爲她所建。我一時間五味雜陳，腦內混亂一片，只呆呆地看著香無塵。

「若是蕭洛雲現在回到蘭陵王身邊，你說，你該如何自處？」香無塵舉止優雅地甩開摺扇，「不如，你幫我把蕭洛雲抓回來，我們各得其所。」

原來這就是他告訴我這些的目的。

我沉默半晌，心頭湧上濛濛的酸楚，聲音變得飄渺而迷茫，含著一絲哀慟，「香無塵，你以爲愛一個人就是這樣的嗎？」我抬頭看著他的眼睛，像是在質問自己一般，「因爲想要得到自己深愛的人，就可以藉著愛的名義，做出傷害別人的事情嗎？」

香無塵目光一滯，微微怔住。

「沒有她，他就會愛上我嗎……即使眞是這樣，我就可以爲了自己，去傷害一個無辜的人嗎？」我把斛律光緩緩輕放在地上，甫站起身，伸出右手，食指上的粉玉桃花扳指在陽光下格外晶瑩剔透，「香無塵，桃花她只是愛你，又有什麼錯？你爲甚要對她那麼殘忍？」

香無塵琥珀色的眸子裡瞬間閃過一絲驚訝，雙目灼灼地看著我，挑眉問道：「這扳指她從不離身的，怎會在你這裡？」

「人都死了，還要扳指做甚？」我哀戚地說，也許隱含一種兔死狐悲的因素吧，每當我想起桃花悲寂的結局，就覺得心中酸楚。又或者因爲我自認既然接收了她的功力，就該爲她做些什麼，「你打她那一掌的時候，難道就沒想過她是會死的嗎？即使身體可以撐下去，心……也會死的啊。」

香無塵聞言重重一驚，難以置信地搖著頭，唇色蒼白，「不可能的，那一掌不足以要她的命，她不會那麼容易死的……」

「桃花她死了！是不是因為你那一掌而死，又有甚分別？你忍心下那樣的狠手，卻不忍心面對她所受的傷害嗎？」看著香無塵眸中閃過的悲痛，我心中竟有一絲安慰，緩緩道：「桃花臨死前，把畢生功力全傳給了我。你知道她臨終前讓我答應她什麼嗎？」

香無塵兀自站著，眼神微透紛亂，嫵媚的臉上頭一次流露些許迷茫無助的神情，琥珀色的眸子霎時如寶石般晶亮，那……是淚嗎？

我扶起斛律光，一步一步離開，走出數丈遠後，背對著他說：「她讓我幫她守護你、幫她給你快樂，不要讓你再寂寞下去……別讓任何人傷害你。」

我回過頭，只見香無塵猛地抬起頭，水亮的瞳孔瞬間充滿刺痛，引人心疼。他眼眶微微泛紅，襯著白皙嫵媚的容顏，竟別有一番妖豔。

「她在生命消失前，心心念念的仍然是你啊……我雖然答應了她，可是……恐怕我一時間尚無法不以怨恨的心情來面對你。」我扶著斛律光緩步離開，與香無塵秀美頎長的身影漸行漸遠，「或許……像你那樣無情的人，根本不需要任何人的守護。你只要繼續守護妙無音就好，世上再不會有一個人像桃花那般深愛著你。」

清風拂過，芳草連天，落英繽紛。我不知道最後那句話香無塵有沒有聽到，我自己的心情又何嘗不是動盪而迷惘的呢？

儼如世外桃源的洛水沁雲居，傾國傾城的蕭洛雲……蓮花湖上的石像，摹畫的大概就是她吧。

或許，亦只有她這樣的傾城美人，才配得上風華絕代的蘭陵王啊！

我的心頭倏忽掠過一絲酸楚，繚繞不散。

4

「清鎖，千萬別告訴蘭陵王我在這裡。」斛律光徐徐睜開眼，虛弱地說道。

「爲什麼？」我詫異回應，一邊把另一條冰毛巾放在他額頭上。他身上的燒漸漸退了，可是依然氣若游絲。

山腳下有座獵戶木屋，裡面放有簡單的生活用品。我餵他喝下了些水，他才退了燒，緩緩甦醒過來。

「當年洛雲不聲不響地離開了長恭，這件事最好莫再追究下去，長恭怕是會傷心的。」

斛律光抬起眼簾看我，語調忽帶少許急切地問：「她回來找他了嗎？」

我微微愣住，略一遲疑，表面仍是不動聲色，搖搖頭回答：「我不知道。」

「這樣，你先回金墉城，試探一下長恭，看洛雲有沒有回來找他，然後我們再想辦法。」斛律光直直地看著我說。

「到底發生了什麼事？」我聽得一頭霧水，心中隱生擔憂。

這時，我眼角瞥見斛律光領子裡露出了一抹黃色，有些似曾相識的感覺，還未及多想，斛律光已不經意地把領子拉了上去。

他探看我一眼，頓了頓，娓娓言道：「洛雲從小身有奇香，那日在清水鎮，我聞見那股她身上獨有的香味，遂便追查妙無音，果然在妙無音房中的箱子裡找到了昏迷的洛雲。」

我回想著在清水鎮所發生的一切，確實都對得上。

「趁那天妙無音在荷花池畔賞荷，我救了洛雲，將她安排躲入過路的一隊馬車裡。我也不知道她現下在哪裡。」斛律光歎了一聲，「後來妙無音把我抓到天羅地宮，逼我吐說出洛雲的下落，一氣之下還餵我吞了毒藥。」

「所以香無塵才說，三天內蘭陵王不把蕭洛雲交出來，你就會化爲血水？」我驚道。

「不能讓長恭知道這些事，不然他會爲難的。況且，也許洛雲根本就沒有回來找他。」斛律光輕聲地說，似乎有些累了，眼睛微微瞇闔。

「你好好歇息，其他事先別想了。」我站起身，幫他放落床帷，心中忐忑不安。

「清鎖，長恭跟你提起過離觴劍嗎？」斛律光忽然叫住我。

「沒有。」我遲疑片刻，照實回答。

斛律光雙目閉上，未再說話，似是睡著了。

明月當空，轉眼已是入夜。

我沿著山路緩步閒走，不由自主地竟又走到了洛水沁雲居。

一鉤彎月懸掛夜空，四周浮動著淺淺的月暈，星光璀璨似把碎鑽撒在深藍天幕上。月色下花香繚繞，落英如雪劃過黑夜，縹緲美好得就像置身夢境。

纏繞著花藤的鞦韆隨風輕擺，我款款走過去，卻瞥見梨花樹下翩然的白衣。那道頎長背影迎風而立，遠遠看著飄逸若仙。

我心頭忽湧上一股難以言喻的感覺，驀地發酸，撩人夜色下不顧一切地朝他奔跑過去，自後環抱住他。我把臉頰緊緊貼在他背上，彷彿只有這樣，心中才得一點安穩的感覺。

蘭陵王怔了怔，回身輕拍我的頭，「你怎麼來了？」

我只將他抱得更緊，什麼話也沒有說。

夜風襲來，暗香花瓣飄落在他烏亮長髮上，輕輕拂過我的臉頰。我閉上眼，好希望時光就此停止，我只要這樣抱著他，不願去面對那些令我害怕的事情。

今日我著意悉心打扮過，上穿明黃色繡花輕紗寬袖袒對領短襦、金黃色芙蓉織錦袖外衫，下著明黃色薄綢及地長裙，腰間繫著雪白蝴蝶結緞帶，左側墜著同色環珮。夜風微涼，水袖迎風飛舞，一陣寒意襲來，我不由稍稍瑟縮。

蘭陵王轉過身來，溫柔地回抱住我。一身白衣如雪，他的懷抱卻如許溫暖，足以讓人忘卻塵世間的一切煩擾。我把頭緊靠他胸前，雙手環在他腰上，呼吸著他懷中特有的男子氣息，心中所有的忐忑和疑問也都不想說了，彷彿這樣緊緊依偎著便是幸福的縮影，值得我用一生來感念。

在這一秒鐘，在這個世界上，除了我自己，無人瞭解我有多麼眷戀這個懷抱。

蘭陵王恍若察覺了我心中翻滾的忐忑和恐懼，緩緩扶起我，湖水般的眸子一如以往寧和澄美，「發生什麼事了？」

「我怕。」我的聲音微微抖顫，眼眶又是一酸，「我怕這是一場夢，當我醒了，就什麼都沒了。」

月光下，蘭陵王清澈的眼眸輝映著璀璨星光，他略帶憐惜地看我一眼，拉起我的手，「你跟我來。」

平滑如鏡的湖面上，一葉扁舟曳水而行，所過之處激盪起一陣陣小漣漪。

漫天星斗倒映水中，彎月盈盈閃動，明黃月色映得湖面波光粼粼。沉寂無邊的夜空下，只聞見長竿划水的絲絲聲響，湖面宛如一塊美玉泛著溫潤光澤。

環繞在這樣美妙寧和的水色之中，百般煩惱都會煙消雲散。

蘭陵王勝雪的白衣，翩躚翻飛在靜謐夜色中，他手持長竿，一下一下地划著水，迎風而立。漆黑天幕下，風華絕代的容顏引人迷醉。

我坐在木筏上，抱膝仰望著他。

他對上我的目光，柔聲問道：「在想什麼呢？」

「〈越人歌〉。」我揚揚唇角回道，看他的目光帶著些狡黠。

蘭陵王會意地看我，清淺一笑。

我站起身，款款走到他身邊，吟道：「今夕何夕兮，搴中洲流。今日何日兮，得與王子同舟……山有木兮木有枝，心悅君兮君不知。」

我凝視著他的眼，他的黑眸如碎鑽，同時柔柔望向我。四目相對的瞬間，我的心突地一震，不由生起羞澀，轉身往筏的另一端走去。慌亂中腳步踏重了，船身一搖，我失去平衡，險些栽倒。

蘭陵王自後攬住我的腰，尖尖下巴抵在我的肩膀，在我耳邊戲謔道：「你是故意的。」

我臉一紅，又急又羞地回過頭去。他俊美無雙的臉近在咫尺，我心中忽然柔軟一片，彷彿要融化在他似水的眸子裡，不由輕啄一下他的薄唇，挑眉道：「是又怎麼樣？」說著，雙手環住他的脖頸，踮起了腳尖，笨拙地吻向他的薄唇。

彷彿我這一輩子所有不矜持的事，都是爲他而做的。

蘭陵王微微一怔，摟著我的腰，輕輕回應著我。他的吻溫柔而清淺，卻似少了些什麼，此刻的我不願再多想，乖乖闔上眼，只管沉浸在這眩暈的幸福之中。

拉他一同躺在湖畔草地上，我枕著他的胳膊，望著滿天繁星。靜靜地躺了好一會，我咬著嘴唇，猶豫著要不要把今天發生的事說給他聽。

其實我並不想在他面前提起洛雲，我怕他情不自禁的表情會惹我傷心。自從知曉洛雲的存在，我無時無刻不在害怕，怕他心裡住著一個比我重要千百倍的女子，深怕眼前的幸福片刻不曾眞正屬於我。所以，如果可以，我寧願裝傻，寧願什麼都不問、什麼都不知道。

而關於斛律光的事，我或許不該瞞他的，可我總覺得斛律光這次回來隱隱有哪裡不對。

他那時正在昏迷，怎會知道香無塵跟我說了蕭洛雲的事情？方才細想，又覺得他衣領中那抹黃色好像跟我曾見過的傀儡咒如出一轍。

「斛律光回來了，但是他……好像不太對勁。」我怕隱瞞的結果會對蘭陵王不利，所以還是說了出來。

「斛律光回來了？」蘭陵王一怔，眼中隨即展顯驚喜之色。

「是啊，可是他……」

「是的，我回來了。」斛律光的聲音從背後傳來，音調很輕卻中氣十足，不像受了重傷。我起身回首看去，只見斛律光幽幽地看我一眼，復又望向蘭陵王說：「臣知錯，讓殿下擔心了。」

蘭陵王款款起身，淺笑回道：「你平安就好。到底發生什麼事了？」

「清鎖，你也累了，先回去歇息吧，我跟長恭有許多私話要聊。」斛律光一臉善意地對我說。

我看了一眼蘭陵王，又看看斛律光，無奈之餘退出幾步，不情願地往山下走去。

心中正猶豫著該拿怎樣的藉口留下來，頓住腳步剛想說什麼，我眼前突然泛起一陣濃煙，帶著清香的白色粉末沁入鼻間。我身子一軟，下意識想扶住旁邊的樹，卻猛地被人拽出數丈。

斛律光的食指抵在我脖頸上，狠道：「元清鎖，居然讓你給識穿了，有時候太機靈了也不是好事！」

蘭陵王眼眸一凜，表情卻是淡淡，緩聲說：「你跟我從小一起長大，有甚事是不能商量的？你先放了她。」

斛律光喉中發出怪異笑聲，「呵呵，你要救這丫頭，就拿蕭洛雲來換吧。三日之後，我在悼念山等你。」

他說完這些話，便擄著我縱身一躍，輕踏樹枝絕塵而去。

我身上半點力氣也無，渾身飄飄然，只能任他牽引著，眼皮也重得快張不開了……遠遠望向蘭陵王，眼中滿是留戀與不捨……千言萬語，此時卻無法說破。

用蕭洛雲來交換我……你會那樣做嗎？

5

我睜開眼，天空是朦朧的藍，晨曦微露，夜色還未完全褪去。

地上被露水打濕的草墊散發著潮濕霉味，我站起身，發現自己被關在一處內凹的山洞內，開口的一面被木柵欄封住。我走過去搖了搖柵欄，手上依然使不出半分力氣，那木柵欄紋絲不動。

上空傳來各種清脆的鳥鳴聲，有的宛轉如笛，有的低沉如鼓，有的華美如琴。我抬起頭看，只見未曾瞧過的各色鳥禽成群結隊地掠過，在外邊空地留下色彩斑孄的羽毛。

我的手被白色孔雀翎纏繞著，腕上勒出道道血痕。我心中又驚又懼，大聲喊道：「香無塵，你做甚麼著我，快點放我出去！」

這款白色孔雀翎我認得，是香無塵上次用過的，而且這裡百鳥聚集，想必是他的地界。我本就有被關在狹窄地方的幽閉感，加上山洞內又隱隱傳出老鼠叫聲，我心中害怕不已，連聲音都抖顫著。

「給我住口！」四名臉覆面紗的白衣女子翩然飛落，其中一人朝我呵斥道。

四人在牢獄前面架好一把翠綠色大傘，於傘下支起一張紅木雕花座椅，然後四下退開，恭敬侍立。

片刻工夫過後，有個清麗絕俗的美貌女子款款走來，身著一襲白衣輕紗雲裳，另外四名女子恭敬跟隨在她背後。

「妙無音……」我有些詫異，沒想到她會出現在這裡。

「住口，我們仙子的名諱豈是你隨便叫的！」妙無音背後的侍女厲聲喝道，一抬手便有一條白色紗帶朝我臉頰襲來。

我扭頭躲開，同時卻有另一條白紗帶纏住我的雙腳，冷不防將我拖倒在地。

「你想怎麼樣？」我索性不再站起，坐在草地上冷聲斥問。

事到如今，也只能任人宰割了。

「我不喜歡你那樣跟香無塵說話。」妙無音清麗面容上閃過淡淡的厭惡，她秀眉一皺，「桃花死了就算了，偏還要留下你纏著無塵。」

「我跟香無塵碰面時，你並不在場，怎會得知我們之間所說的話？」我微微挑眉，心中生疑，卻無心去細想她對香無塵到底抱著怎般情感。

「其實，你不是猜到了嗎？」妙無音冷然說道，朝身側的人使了個眼色。

站在白衣侍女背後的斛律光立時越眾而出，神情木然地站在妙無音面前。她拿青蔥玉指往下一指，斛律光竟「撲通」一聲跪在地上，往日英氣盎然的眸裡不見半絲神采。

「他中了傀儡咒，言語和行爲皆受我控制，哪知竟然被你看穿了。」妙無音嘲諷地覷我一眼，「不過你再機靈也沒用，還不是照樣被我抓來，根本不足爲慮。」

「你要眞那麼自信，又怎會對我跟香無塵之間的話耿耿於懷呢？」我淡淡一笑，「讓他起來吧，不該趁人迷失心智之時，使他受這等侮辱。」

「混帳！你敢這樣跟仙子說話！」妙無音背後的白衣侍女喝罵道。

白色紗帶又朝我擊來，猛地纏住我的脖頸，我只覺喉嚨一窒。

「如果你把我抓來，就是爲了殺我的話，那就快點動手吧。」我艱難地說話，嘴上仍是不肯服輸，「你不是想要那柄離觴劍嗎？」

她如此大費周章，肯定有所圖謀，不單單只是想侮辱我這麼簡單。

妙無音聞言，面色稍凜，隨即冷笑道：「元清鎖，不如我今天就讓你死個明白。」說著微一側頭，那侍女立時放開我。

被勒得太久後猛地透過氣來，我捂著脖頸，乾咳了幾聲。

「離觴劍是屬於蘭陵王的，同時也是金墉城的鎮城之寶。我要的不僅是蕭洛雲，還有離觴劍！」妙無音輕抿一口茶水，神態悠然道：「那天斛律光放走了蕭洛雲，可他自己卻逃不掉，呵！如今，還成了我的好幫手。」

妙無音嫣然一笑，斛律光旋站起來走近她身邊，單膝跪在她背後。

我看她這樣擺布斛律光，心中突生一股厭惡。「蛇蠍美人」，說的就是她這樣的人吧！

「昨夜，斛律光擄你回來的時候，香無塵早在城西三十里的地方找到了蕭洛雲。」妙無音揚唇一笑，「我已經把這椿消息傳達給蘭陵王了。你被關在城北，她被關在城西，你說，他會去救誰呢？」

我聞言重重一怔，心中沉落的同時，更加納悶她爲何要這麼做。

「如果子時之前他沒有來，你所在的石牢就會自燃起火。」妙無音狀似相當中意我現在的表情，吟吟笑語：「你中了我的地羅散，無法使力。恐怕到時候，你就要香消玉殞了。」

「你怎知道他不會來？」我嘴硬道。

「因爲蕭洛雲所在的水牢，子時之後亦會被海水淹沒。你自己說，他會去救誰呢？」妙無音的聲音優雅動聽，此刻聽來卻格外刺耳。

其實我是個膽小的人，一直以來，我都不願去面對跟蕭洛雲有關的事。可是妙無音卻讓我不得不去面對這件事，想繼續當鴕鳥都不行了。

「你爲甚要這麼做？」我不明白她們爲何要抓蕭洛雲，可起碼我對她來說是半點利用價值都沒有的呀。

「因爲我討厭你。」妙無音不假思索地回答，「我討厭桃花，更討厭她連死後都放不開對無塵的留戀。所以我要你死，並且是帶著不甘和痛苦去死。」她美豔的臉上不見任何狠毒之色，平靜的表情卻更引人不寒而慄。

我怔怔地看著她，一時間竟吐不出半句話來。

「不管怎麼說，跟蘭陵王有關的兩個女子都在我手裡，他今晚定會離開金墉城，到時候我就派人去金墉城找離觴劍。離觴劍一旦被拔出，金墉城就要倒了呢。」妙無音杏眼一眨，繼續輕笑嘲諷道：「蘭陵王雖然是凡人，可他智勇雙全，十分不好對付。你說他會去救誰呢？呵，元清鎖，想讓你當一次傾城美人，怕是也難吧。」

妙無音說完，款款站起身，瞥了一眼怔在原地的我，隨後飄然而去。

6

這一天，彷彿是我出生以來最漫長難熬的一天。

等死的感覺是否就是這樣？可我心中仍隱隱懷著一絲希冀，他，會來救我的吧……

腦中徒勞地回想著我與蘭陵王相伴的點滴時光，那蜻蜓點水般的吻，對他來說或許並不算什麼，可對我而言卻是足以銘記一生的珍貴記憶。

就在昨夜，他還輕輕地擁著我，我鼻間繚繞著他的氣息，所有一切清晰如在眼前。

我對他來說，到底是怎樣的一個存在呢？為什麼當我抱著他的時候，會覺得我們之間橫亙著一道無法逾越的牆？

「別這樣……你會後悔的。」——我想起那日他對我說的話，那麼無奈又那麼寂寞。是否連他的心，也戴上了一層面具呢？

仔細想來，每一次都是我主動抱他的，他只是沒有拒絕我而已……

時間一分一秒流逝，我抱膝窩坐在角落裡，腦中重映著我穿越到古代以來的所有畫面。

我想到了宇文邕深沉隱忍的眸子，他亦曾在放我離去的時候，放肆地親吻我的唇。只是在重遇蘭陵王之前，我未曾領略過真正的幸福，所以也就不懂什麼叫做珍惜。

如果還留在宇文邕身邊，我又會變成怎樣的境況呢？原來我一心追尋的那種平靜自由的生活，不過是場奢望……我只是從一個陷阱跳進另一個陷阱中，所不同的僅是，後者乃是我自己心甘情願的，我心甘情願地為蘭陵王劃地為牢！

日落西山，天黑得很快，才不一會，深藍天幕上就布滿了晶亮繁星。半彎月影清輝懾人，照亮了整片天空。

教我怎樣能忘了他？

那日我在千軍萬馬前瞧見他的絕代容顏，至今仍清晰記得那份萬丈光芒刺穿眼眸的喜悅與悸動，那般地刻骨銘心，那般地教人無法釋懷。

時間彷彿凝滯住了，直到石牢角落裡泛起一道火光。橘色火焰連綿如潮水燒成一片，火光沖天，濃煙滾滾。我退到木柵欄邊，心中翻滾著蝕骨的絕望。

滾滾黑煙騰空而起，火越燒越大……我就要這樣死去了嗎？

我還沒來得及問清楚，對他來說，我到底算什麼？

原來，一直以來我都是在自欺欺人啊！

我攥緊了衣角，憋忍住一整天的軟弱終得釋放，我痛哭出聲。

就在這時，石牢外隱約傳來廝殺聲，木柵欄外透進火把的光亮，像是來了許多人。

火勢蔓延，我早被濃煙嗆得意識不清，朦朧中聽見開鎖的聲音，木門「吱呀」一聲被推開來。忽然有人扶起我，將我橫抱著朝門外走去。

我心中重重一震，霎時有如春暖花開，那種驚喜無法言喻，彷彿懸了一輩子的心終於落下了。我含著淚光猛地睜開眼，目光卻凝在半空。

那是一張陌生的臉，他看見我怔忡的眼神，急忙憨憨地說：「是蘭陵王派我來的。」

原來，不是他……

我的心狠狠抽搐一下，心頭痛楚不已，失望的酸澀無聲地蔓延。

「啊……」隨著他一聲淒厲慘叫，我的肩膀同是一疼，只見一柄長劍自後刺穿了他的胸膛，也一併刺破了我的肩膀。

那人應聲倒地，渾身無力的我滾落地上，肩膀上的傷口汩汩流著血，我卻不覺得疼。外頭殺聲震天，白衣侍女劍勢如風朝我揮來。我閉上眼睛，沒有躲閃，因爲我知道自己躲不掉。

結果卻無預想中的疼痛，上空傳來金屬碰撞的聲響。

我抬頭，只見香無塵用摺扇格開了她的劍，目光探究地回頭望著我說：「元清鎖，你想死嗎？」

「不是我想死，是你想要我死。」我渾身無力，歪著腦袋看他，儘管氣若游絲，語氣卻仍顯倔強。

香無塵微微發怔，無奈地瞠我一眼，摺扇一揮，輕巧地格開白衣侍女砍向我的第二劍。他秀眉一挑，「怎麼，連我也不認識了？」

「公子息怒！就算借奴婢十個膽子，奴婢也不敢在公子面前造次。」白衣侍女慌忙跪在地上，「只是、只是妙音仙子吩咐，要將這賤人格殺勿論。」

「退下！我自會跟她說的。」香無塵不耐煩地道，旋一把橫抱起我。他黑鑽似的眼眸望向我，神色有些難以捉摸，說道：「丫頭，我欠桃花的，就還在你身上了。好好活著，莫再跟天羅地宮扯上半絲瓜葛。」

香無塵懷裡逸出寡淡的香氣，我軟軟癱靠在他懷裡，只覺疲憊不堪，再無力氣說話。我索性閉上眼，含在眼中的淚水緩緩淌下，在臉頰上化作一片冰涼。漸漸地，我便失去了知覺。

7

「小姐，您千萬不能有事……小姐，您醒醒，您睜開眼看看我啊……」

耳邊傳來帶著哭腔的清脆女聲，我緩緩張開眼，眼前一切皆顯得模糊不清。一張熟悉的小臉映入眼簾，記憶洶湧而至，我愕然開口，聲音卻有些沙啞。

「碧香？」

「是啊，小姐！您終於醒了！」見我醒轉，碧香哭得愈加慘烈，抽泣著說：「小姐，您昏睡了三天三夜，不停地流淚，不停地說著夢話，眞眞嚇死奴婢啊……」

我依舊愕然地看著她，依稀記得元清鎖的侍女碧香是我穿越到古代後第一個悉心照顧我的人……現在想來，彷彿都像前生之事。

是不是我從沒有離開過司空府？是不是這一切都是一場幻覺？

「我怎麼會在這兒？」我輕輕問道，仍是氣若游絲，聲音中猶帶著幾分迷茫。腦海中驀地掠過蘭陵王風華絕代的臉龐，如許清晰的酸澀和痛楚，這一切又怎麼可能是夢呢？

「是無塵道長送您回來的，道長說小姐在山上遭遇猛獸，受了驚嚇。」碧香揩揩眼淚，端過一碗湯藥，說：「小姐您醒了就好，可別再嚇碧香了。來，快把藥喝了吧，大夫說您身子好虛弱呢。」

我心中本就苦澀，藥中濃烈的苦味更令我難受，不禁皺了皺眉，搖了搖頭。

「把藥給我。」一個熟悉的聲音傳來，深沉中帶著一絲沙啞。

他低頭俯視著我，眼底含著複雜紛亂的五味情感，雖板著臉孔，眸裡卻透出濃濃關切，還有一簇失而復得的熾焰於他瞳孔中跳躍。

又見到你了，宇文邕……

四目相對，他的黑眸深邃不見底，像要把人吸進去一般。我心中湧起些許感觸，走的時候根本不曾想過，我跟他還會有重逢的一日。

他輕抿一口碗中的湯藥，忽地俯身吻上我乾涸的唇，我猝不及防。

他舌尖溫柔，一點一點將苦藥渡入我口中。我沒想到他會在眾目睽睽之下這樣做，倏地睜大了眼……他無比接近地看著我，卻不肯再離開我的唇，一手擁住我的腰，深深地吻著，溫柔中帶了些侵略性。

我卻是沒有任何回應。

他緩緩鬆開我，眼中滿是留戀，晃了晃手中的湯藥，「怎麼，想讓我一直這樣餵你喝藥嗎？」

碧香見宇文邕如此對我，眼中有掩飾不住的驚喜，背後的滿屋奴僕也都小聲議論著。

我無奈之餘，只好捏著鼻子，接過湯藥咕嚕咕嚕喝了下去。

「這樣才乖。」宇文邕在我床邊坐下，修長手指輕拂過我的髮絲，呼出的熱氣繚繞在我耳際，聲音富磁性而深情，「可還記得放你走之前，我在宰相府跟你說過什麼嗎？」

我心底悠然歎息，怔怔地看著他，儘管前塵如夢境，我亦仍記得那句話——「倘讓我再遇到你，定會不惜一切代價把你留在身邊。一生一世，你都別想再離開。」

他輕啣住我的耳垂，呼出濃魅的熱氣，幽然重複著那句話。

第三章　望仙樓上望君王

江燕媚微揚唇角，神色裡有幾許感慨，「我瞭解大人，他的愛既是極深，便等同一把雙刃劍易傷人傷己。他越是在乎你，就越怕失去你，也許到頭來……加諸到你身上的只是痛苦。」

1

我不知道妙無音的「地羅散」究竟是什麼玩意兒，可的確效力非凡。這段日子裡，宇文邕派了十幾名大夫輪流給我看診，鹿茸、雪蓮、人參等珍貴藥材像流水一般送過來，我調養了半月有餘，身子卻依然毫無起色。那時肩膀被刺了一劍，傷口日漸癒合，肌膚上終於再無痕跡，偏偏每每想起被妙無音關在牢裡的那幾日，想起我在熊熊烈火中抱著最後一絲希望等待蘭陵王的心情……彷彿像是一場噩夢，令我心寒不已。

身心受創之後，要想真正恢復，恐還需要一段漫長時日。

最近直睡到日上三竿才起床，今天也不例外。

碧香伺候我梳洗打扮，看了看天色。

「這個時辰，司空大人應該就快過來了。」她臉上忽帶上喜色，走過來神祕兮兮對我說：「小姐，最近司空大人在西苑大興土木，新建了一座樓宇，聽說是要送給小姐您的呢。」

我倚臥床上，微微一愣，「宇文邕還真是大方啊，他經常送樓給女人的嗎？」即使想給外人造成沉迷聲色的敗家子形象，倒也用不著真金白銀投入這麼多吧。

碧香搖了搖頭，答道：「儘管司空大人出手一向闊綽，可說到興建一座樓宇給府裡的侍妾……這還是頭一回呢。」

我心下不知為何微微顫動。如果真的是這樣，那麼宇文邕對我也真算是很好了。

想起初醒那日的自己實在沒用，他餵我喝藥，輕啣住我的耳垂……我見到他本就有些百感交集，那時尤是氣血翻騰，竟兀自又昏了過去。

也許就為了這個原因，後來他再沒有對我做出任何越軌的舉動，大概是怕我又昏過去吧。這半個月以來，他每日下了朝就直奔我房內報到，完全把這兒當成了半個書房。窗下還擱著他的大書案，上頭擺著各色名貴的毛筆和紙張。大部分時光，他便坐在那裡看他的摺子，我則倚在床頭翻翻詩經或者發呆，兩個人都不說話，只靜默地陪伴著彼此，氣氛倒也算融洽和諧。

其實宇文邕對我的心意，我何嘗感受不到！可是我又能怎麼辦呢？許多個夜晚，那些與蘭陵王同在一起的畫面總似流光碎影在眼前劃過……心裡亂糟糟，這一切的一切，我真的想不明白。

我歎了口氣，忽然覺得有些煩悶，於是對碧香說：「幫我更衣吧，我想出去走走。」

碧香恰是話多的那種類型，聽我這樣吩咐，又絮叨道：「小姐都在屋子裡悶了半個月了，合該出去走走啦。說起來，小姐不在的這些時日裡，司空府也跟從前不一樣了……那個媚主子啊，以前那麼擠對小姐，現下可好了，比她更厲害的主兒來了，眞是一代新人換舊人呢……」碧香連珠炮似地說著，我也沒怎麼聽明白。她幫我挑了件橘紅色掐褶牡丹紋金線錦袍，回過頭來問：「小姐，今天穿這件衣裳可好？」

我愣了愣，心想我和她的審美觀果然有落差。我搖了搖頭，「有低調點的嗎？」怕她不懂「低調」的意思，我又補充一句：「就是素一點的。司空府裡女人多，這等招搖的衣裳，以後還是少穿爲好。」

碧香聞言一愣，隨即用崇拜的目光看著我，「小姐眞是冰雪聰明，懂得……哎，那個詞怎麼說來著？」她認眞想了一會，說：「對，韜光養晦！以前奴婢怎地沒發現小姐原來這麼聰明呢，現下司空大人有多重視小姐，全府裡的人都看得到，而且因爲奴婢是小姐的丫頭，那些人再不敢來欺負我了呢……」

我微歎口氣，心想這樣可不好，這孩子說甚「韜光養晦」，分明覺得我是在裝傻充愣，把我當大尾巴狼了吧。再說，這詞用在這邊也不太貼切。

「碧香，你就留在屋裡，我自個兒出去便成。宇文邕要是來了，你也好幫我接待他。」

我趕緊披上淡青色半長紗衣，一心只想圖個清靜，不等她回答，打開房門就溜了出去。

司空府果真很大！我跨過幾扇月牙門，穿花拂柳沿著青石小徑往南走，不一會就迷失了方向，完全不知自己身在何處。

此時正值夏日，蟬鳴陣陣，呈現一種盛夏風情。前方是座樸實的院落，與北苑奢華的樓宇不同，只有幾處青磚瓦房，四周亦無園林花景點綴。正中擺著一張石桌，有個女子獨自坐著，她一身素衣布裙，與這院落的整體風格倒十分相合。

我不知這是什麼地方，正猶豫著要不要繼續往前走的時候，那女子驀然回過頭。

四目相對間，雙方俱是微微一愣。

那女子一雙丹鳳眼，顴骨頗高，不見得有多美貌，只是五官拼湊在一起即散發一種嫵媚味道。記得上次見面那時候，她還是衣著奢華，氣勢與如今截然不同。若非因爲曾被她毒打而對這張臉記憶猶新，我簡直不敢相信過去囂張跋扈的那個女人會變成眼前這模樣。

「媚……」媚什麼來著？我只記得當時大家都喚她一聲「媚主子」，具體是啥名字便完全不記得了。

她倒是記得我的名字，看著我道：「元清鎖。」她頓了頓，又啓口說：「今時今日，你若願意，喚我燕媚即可。」

我點了點頭，追想起了「江燕媚」這名字，卻一時無語。畢竟是曾惡毒對待我的女人，也沒想過會再碰見她，如今見她這副樣子，倒不知該做何態度了。

「你怎麼會在這兒？」我忍不住問道，記得過去她可是煙雲閣最受寵的侍妾。

「其實我能有今日，還眞該多謝你。」江燕媚指一指身旁的石凳，示意我坐下。說這話的時候，她神情裡倒不似有怨毒。

我索性走過去落坐，不動聲色地問道：「哦，這話怎麼講？」

江燕媚細細端詳了我片刻，甫說：「你果然跟從前不一樣了，出落得越發媚人，性子也伶俐，難怪邕他會對你情有獨鍾哩。」

我聞言微愣，據說府上侍妾都稱宇文邕爲「大人」，她竟然順口叫出他的名字，眼神裡尤透出一抹濃濃的情意。可見她對他，倒眞懷有幾分眞情。

江燕媚定了定心神，又說：「大人返歸之後，開始著手調查你離府的事。知道我毒打你，大人勃然大怒，竟然下令將我趕去冬屋。」

「冬屋？」我怔怔地重複道。

「大人風流倜儻，不算歌女舞姬，單是煙雲閣裡就養了三十幾名侍妾。雖不比皇帝的後宮，可也相差無幾，總需有賞有罰。冬屋正是懲罰失德侍妾的地方，我沒想到他會爲了你而這樣對我。」江燕媚的聲音異常平靜，看我的眼神中卻泛起幾分感慨。

「然後呢？」我佯裝不在意地問道，心下卻想，這所謂的「冬屋」其實不就等同於冷宮？古代男子皆有三妻四妾，更何況是他。這事實我不是今日才知道，卻是在此時有了一番新的體認：就算他對我有幾分情意又如何？我純不過是他眾多女人中的一個啊。

「可是過了幾日，大人突又把我放出來，總喜歡問我一些有關你的事情。當日你如何牙尖嘴利、又如何連夜逃出府去，我如實講給大人聽，他望著遠處，唇角泛起絲絲笑意……」江燕媚看著我，眼神中湧出深深的羨慕，一閃即逝，「我侍奉大人多年，知道該如何投他所好。只那一抹笑，我就明白他是眞的對你另眼相看了，於是我總特意跟他談起你，說些讚美你的話語。如此過了一段時日，大人果然消了氣，卻不再寵我，也不再寵煙雲閣裡任何一個女人。」

我睇看一眼江燕媚，心想著，她過去能得到宇文邕寵愛，果然自有她的過人之處。也許光憑「投其所好」這一點，就非任何侍妾都能做到的。可是，宇文邕眞有這麼在乎我嗎？

我心中亦存疑問，遂便直接地說：「你爲甚要跟我說這些？你方才說謝謝我，其實是在怨恨我吧？你覺得是我害你失寵的嗎？」

她搖了搖頭，「不，我是眞的謝謝你。若非親眼見到大人對你傾心牽掛，我恐還會對他抱有幻想，以爲只要我努力，總有一日他會眞心喜歡上我……可這終究是癡心妄想啊。多虧因爲你的緣故我曾被打入冬屋，才能在顏婉過門之後，活到現在。」

顏婉？我重重一愣，差點就忘記了，我在外面遊蕩的那麼多時日，她早該嫁過來了。

江燕媚眼神悠遠，似是想起過去，垂下頭說：「其實過去我心狠手辣，不斷剷除對我有威脅的女人，也不過是想獨占他的寵愛罷了……我贏了一次又一次，兀自以爲終有一天我能得到大人的心。」她深吸一口氣，抬起頭來看向我的眼睛，「元清鎖，我不知道在你跟大人之間發生過什麼，但是你眞的很幸運。像他那種男人，原本就把情愛看得特別輕，然而一旦對一個女子鍾情，便定是極深的了。」

我心中一顫，想起宇文邕薄情俊臉上那雙柔情無比的深邃眼眸，一時竟有些失神。

「但是，這對你來說也未必就是好事。」江燕媚微揚唇角，神色裡有幾許感慨，「我瞭解大人，他的愛既是極深，便等同一把雙刃劍易傷人傷己。他越是在乎你，就越怕失去你，也許到頭來……加諸到你身上的只是痛苦。」

我直視著她，這個在宇文邕身邊生活多年，曾經全心愛著他的女人。我不知道她是否眞那樣瞭解宇文邕，可是她今日所言的話，一字一句都印在了我心裡。

江燕媚復又笑笑，說：「何況，天底下的男人都一樣，得不到的才是最好。如今你又回到司空府，也許終有一日你會愛上他，他卻未必永遠這麼珍惜你。也許到時，誰有能力傷得誰更深，就很難說了。」

不知道爲什麼，她最後那句話竟讓我有些害怕。我深吸了口氣，回說：「謝謝你告訴我這麼多，眞的。昔日的恩怨一筆勾銷，往後你有什麼需要我的地方，請盡管來找我。」

「夠爽快！你性子果然比從前討人喜歡。」江燕媚一怔，隨即笑道：「也許是許久沒有對象可說話吧，居然跟你說了這麼多。」

此時已是夕陽西下，轉眼竟過了半日。

我瞧了瞧天色，站起身，朝她點點頭道：「告辭了。」

江燕媚也站起來，壓低了聲音，「最後告誡你一句，當心顏婉。她的嫉妒心比我可怕得多……過去曾在煙雲閣裡受過寵的侍妾，已然被她除得差不多了。若非因爲你的事情失了寵，我恐怕也早活不到今天。現在府裡大部分女眷都是她的人，日後你孤軍作戰，可得小心萬分。」

這番話她說得很小聲，好像隨時有可能被人聽去。我心下一驚，江燕媚站直了身子，淡淡笑道：「今時今日，我已再無爭鬥之心，只希望可在司空府裡有著一席之地，不至於流落街頭。跟你說了這麼多，其實我也無非是爲了自己——畢竟你心地善良得多，倘你能成爲司空府的女主人，我以後的日子亦會好過許多。」

「媚姐姐的肺腑之言，清鎖都記下了。」我微揚唇角，由衷地說。

2

天色漸漸暗下，我離開江燕媚的小院，卻繞來繞去找不到來時的路。走著走著，眼前出現一片蓮池，蓮花已經過季，紛紛謝落。片片殘葉殘花漂在上頭，只是水面清明如鏡，風四起時水紋瀲灧、凌波浩渺，倒也十分美麗。

風動蓮香，我略略發冷，卻頗覺愜意，反正找不到出路，索性臨水坐下。抱著膝蓋，我沒來由地突然覺得有些孤單。

天空尚未黑透，樹梢上已悄悄懸起一彎月牙，若隱若現掛在天邊。

腦中想起江燕媚方才的那番話，又想起我與宇文邕之間所發生的一切，從最初的猜忌暴虐，到後來的相擁取暖……我們曾在宇文護面前假扮恩愛夫妻，也曾在賭桌上聯手退敵，是不是作戲作得太多，有時就難免分不清眞假？分不清哪個才是眞正的他，也分不清哪個才是眞正的自己了。

眼前又驀地閃現蘭陵王傾城絕代的容顏，一陣心寒之後，是一陣刻骨的心酸。這個人，我是不是眞的對他死心了？如果是，我又需要多久的時間才能忘記他？

一縷晚風吹過，我不由打了個哆嗦。

這時，忽有披風自後覆在我肩上，猶帶暖意。他的氣息並不陌生，披風上殘存著他的體溫。他身上淡淡的薰香混合著夜風下清幽的蓮香，形成一種極其特別的味道，恍惚間就像置身夢裡。

宇文邕坐到我身旁，望著眼前的一池靜水說：「迷路了麼，怎地跑到這裡來？」

我側頭看他，只覺他稜角分明的側臉在夜色下格外俊美，又添了幾分柔和。我老實答道：「你猜對了，司空府還眞是很大呢。」

他輕歎一聲，忽又幽幽問我：「清鎖，你相信天意嗎？」

我聞言微愣，一時不知他何出此言，只看著他，並無答話。

宇文邕一雙深眸宛如映了凌波碧水，竟有些盈盈動人，他微微低下頭，「我去你房裡等你，你卻遲遲未歸，我好擔心你像上次一樣逃出了司空府……」說這話的時候，他聲音裡透出幾分空茫，簡直像個患得患失的孩子硬強忍著不表露出心底的忐忑。他頓了頓，又恢復成適才幽然的神情，「我派了許多人在府內找你，結果眞正找到你的人卻是我自己。」

我心中揪緊，氣氛瞬時變得煞是微妙。我試圖打破這股異樣氛圍，乾笑一聲道：「趕巧而已，不用說得這麼玄吧。」

宇文邕聞言怔愣，忽然伸手將我攬在懷裡，我本能地掙扎一下，他的手卻緊箍住我讓我動彈不得。

他掌心的溫度透過披風落在我肩上，灼熱卻舒適。他的下巴抵住我的頭，雙手緊摟著我，「你知道我在說什麼。元清鎖，你到底想裝傻到什麼時候？」

他的懷抱好溫暖，靠起來舒服極了。我索性不再掙扎，順從地伏在他胸前，覺得自己冰涼的身軀漸漸回暖。

我闔上眼，囈語般地說：「曾經一心想要逃離，如今兜兜轉轉又回到了原處。這一切眞的都是天意嗎？可是爲何天意卻不能告訴我，以後的路該怎麼走？也許今日所經歷的一切，只不過是他朝的一場空歡喜。」

宇文邕身子微微顫動，環住我的手更緊了緊，「怎麼會是空歡喜？你知不知道，從來沒有人給我這樣的感覺。只要你在我身邊，我就歡喜，哪怕你什麼也不說、什麼也不做，我也覺得心安。清鎖，如果你不相信天意，那麼就相信我吧。我自會爲你安排好一切，把世上最好的東西都送到你眼前。」

儘管這一日內我聽到了太多他對我的好，可這些話由他親口說出，自是比道聽塗說更震顫人心。他的聲音落在我耳畔，我胸中一暖，又有些糾結，忍不住攥緊了他的衣襟，別過頭只是不語。

這時，他望向蓮花池對岸未完工的巍峨樓宇，夜色下依稀可見簷角黃色琉璃瓦。

他緩緩輕語：「那宅子是我爲你所建的，你給它取個名字吧。」

月光皎潔，夜風冷涼，他懷裡卻是那麼暖，暖得讓我彷若置身夢中。

我微一思索，不知怎地就想起唐代薛逢的那首〈宮詞〉，輕聲吟念道：「十二樓中盡曉妝，望仙樓上望君王。鎖啣金獸連環冷，水滴銅龍晝漏長。雲髻罷梳還對鏡，羅衣欲換更添香。遙窺正殿簾開處，袍袴宮人掃御床。」

這是一闋描寫后妃深宮寂寞的詩作，詩人所說的望仙樓，乃指妃嬪盼望皇帝猶如望仙。別人現在也許還不確知，可是我卻比誰都清楚，宇文邕將來會是英明神武的北周武帝，屆時後宮佳麗三千，他又怎會記得今日對我所說的情話呢？

我頓了頓，說：「就叫它『望仙樓』吧。」

宇文邕是個聰明人，大抵也從這闋詩歌中聽出了「望仙樓」的含義，立時在我耳邊輕歎一聲，「清鎖，你還是不信我。」

我閉著眼，心頭湧上一抹深深的倦意，把頭更加深埋進他懷裡，喃喃地說：「宇文邕，你還是別對我有所期待……如此一來，我們就都不會失望了。」

3

「小姐，快起身吧，宰相夫人派人過來，說是給您送鳳梨來了……都等了一個多時辰了。」我才翻了個身，就聽見碧香這樣碎碎叨念。

我腦子轉得有點慢，反應了老半天才明白過來，猛地坐起身，「什麼？宰相夫人派人來看我？」

碧香把裝了熱水的銅盆端放到床前小几上，一邊打開妝匣幫我選首飾，說：「小姐快些梳洗打扮吧。昨晚司空大人送您回來的時候囑咐過，說您著了涼，務得多歇息，早晨就別喚您起身了……所以宰相夫人派的人雖然一早就到府裡，我也沒敢叫醒您。」

我胡亂洗了把臉，心想，元氏既把我放在司空府，肯定會不時互通消息，想來是打著什麼送鳳梨的幌子，欲從我口中套些宇文邕的近況吧。眞是麻煩啊，偏偏又不能不去敷衍她。

我一邊披衣往外走，一邊吩咐碧香說：「既然說是送鳳梨來的，咱們也不能讓人家空手回去。你去跟府裡的總管商量商量，準備點像樣的回禮吧。」

碧香愣了愣，臉上莫名地泛紅，趕忙低頭應聲。

這一次我怕再迷路，特意叫了兩個丫鬟引路。穿過一條青磚迴廊，只見院中假山形狀玲瓏，四周圍著一波綠水，這府第裡倒是處處成景。行至轉角處，忽聞見耳熟的女子聲音輕輕喚道：「小姐！」

我一怔，回頭即看到有個灰頭土臉的小廝正躲在房後偷偷地看我，狀似百感交集，甚至熱淚盈眶。

我定睛看了她好一會，恍然驚道：「小蝶？」

她正是我在宰相府時伺候我的那個侍女。臨走時我將她留在宇文毓身邊，心想或許有一日能派上用場，可是後來我隨斛律光去找蘭陵王，自身難保，倒把這件事忘得差不多了。

前方兩個引路丫鬟察覺我停下腳步，詫異地回過頭來。我急忙轉身站定，擋住小蝶不讓人看見，皺了皺眉道：「我忽然腹痛難忍，你們去跟宰相夫人派來的使者說一聲，安頓他們去客房歇歇，晚上我再去拜訪。」

侍兩個丫鬟應聲走了，我這才轉到屋角問道：「你怎麼來了？」

小蝶見了我，眼淚嘩嘩落下，忽地跪伏在地，「小姐，您定要救救皇上啊……」

我聞言一愣，旋示意她別作聲，四下看了一圈後才又說：「這裡不是說話的地方，你隨我來。」

我帶小蝶回到我居住的小院，碧香此時並不在屋裡。

我關上房門，讓小蝶坐下，拉住她的手問：「發生什麼事了？」

小蝶抽抽噎噎地說：「皇上、皇上知道自己就快死了，讓奴婢拚死也要把這本名冊送到司空府來……可是小姐，皇上他待我很好！他眞的是個好人，奴婢不希望他死啊！」說著，她從懷裡掏出一個金色綢緞裹住的小包，小心翼翼地拆開來，露出一冊薄書。她把薄書放到我手上，如釋重負地長舒了口氣，朝南拱手自語道：「皇上，小蝶終於不辱使命，將您耗盡心血的名冊送到了司空府！只是不知道、不知道當小蝶回去的時候，還能不能再看見您啊……」

我匆忙打開來覽看，只見那本名冊上字跡秀麗，密密麻麻寫著好多人名，人名下有數行批語寫著那人的身世和性格。書頁翻到最後一張，上頭寫著：「吾帝彌羅突，見字如晤……」

我知彌羅突是宇文邕少時小字，心下微顫，「啪」的一聲闔上名冊，追問道：「皇上還說什麼了？宇文護就要動手了嗎？」雖然我早知道宇文毓這個掛名皇帝會被殺掉，可沒想到這一日竟會來得這樣快。

小蝶擦了擦眼淚，道：「上個月皇上曾與鎮守南疆的楊將軍密談，被宰相大人發現之後，皇上對我說，該來的總是要來的。打那之後，皇宮裡就駐紮了許多宰相府的人，說什麼是爲了加強宮內警戒，其實是將皇上給軟禁起來……」

我一邊聽，一邊忙將那本名冊藏在妝匣底層。看來宇文護馬上就要動手了，如今得快點將宇文邕叫過來才是。不過小蝶是陌生人，留在我屋裡總嫌顯眼，難保這司空府裡沒有宇文護的其他眼線。

這時，小蝶忽然握住我的手，一下子又跪倒地上，哭道：「我離宮那幾日，皇上已經與宰相大人起了正面衝突。皇上說自己時日無多，費盡周折將我送出皇宮，囑咐我定要拚死將名冊送到小姐或司空大人手上！」小蝶激動得抱住我的腿，「小姐，您這麼聰明，您肯定有辦法的，求求您救救皇上……」

我想起那位曾在梨花雨中含情望我的儒雅皇帝，心頭亦感不忍。

我伸手扶起了小蝶，緩聲說：「小蝶，你快起來。你放心，皇上的事我絕不會坐視不管，司空大人也不會的。」

這時門口傳來一陣腳步聲，我趕緊示意小蝶別作聲。仔細一聽，門外傳來碧香的聲音說：「楚總管，就送到這兒吧。今日的事眞謝謝你了。」

我恍然大悟，怪不得今兒上午我讓碧香去找總管安排回禮的時候，她會露出那款忸怩表情。

那個男聲似曾相識，「不必客氣。碧香姑娘，那在下先告辭了。」

聽腳步聲，他好像眞的走了。碧香卻在門口站了好一會，甫才推門進來。

見我在屋裡，碧香微微一愣，轉過頭又瞧見小蝶，神情更顯驚詫。我忙衝過去捂住碧香的嘴，卻不忘壞笑道：「這個楚總管嘛，我可還記得。沒想到當初我那一場奔逃，竟促成了你們兩個的這段好姻緣啊……」

碧香臉上大紅，輕輕拂開我的手，跺了跺腳低嚷：「小姐！」

我用食指推了推她的腦門，卻收住了笑，正色道：「這位是小蝶。記住，她藏在我房裡的事，絕不可讓任何人知道。」我瞧看一眼窗外的天色，問道：「司空大人現在在哪裡？」

「方才聽楚總管說，大人好像是在顏婉顏主子的房裡吧。」碧香想了想，老實答道。

「哦。」我應了一聲，心裡倒算不上難受，但終究有一絲不悅。昨夜他還深情款款對我吐說那樣一番話，今日不還是去了別的女人房裡，唉……男人的話，果然是不該相信的。我暗笑一下自己的天眞，沉默片刻後歎了口氣說：「顏婉這個女人，如果可以，我永遠不想跟她打照面。碧香，現在是發揮你美人計的時候了，你去讓你家楚總管把司空大人請來，但別說是我吩咐的……」

就在這時，雕花木門忽然被人自外推開。宇文邕闊步走進來，笑吟吟看著我，「怎麼，清鎖，你想我了？」

我白了他一眼，輕聲哼道：「喲，說曹操曹操到，你來得還眞是時候。」

4

長夜孤燈。

房內只餘下我與宇文邕，窗外懸著一鉤皎潔彎月，清輝之下樹影婆娑，他的影子被拉得老長，看起來有幾分孤寂。

因爲他去顏婉房裡的事，我本有些不悅，可是靜下心來一想，其實我又有甚資格來要求他呢？他對我說的那些話，自然可以對別人說，反正我也沒往心裡去，又有甚立場希望他專屬於我一人？

蘭陵王給我的傷還沒有痊癒……我想我應該再也不會動心了，再不會給他人傷害我的機會。何況此刻宇文毓處在生死攸關的境地，還是以大事爲重吧。

宇文邕闔上那本名冊，緊緊攥在手裡，眉宇緊蹙，幽深黑眸裡似是有痛。他沉默良久，開口只說：「二哥少時最喜讀書，凡塵俗世人情炎涼，其實他都不屑一顧。如今卻爲了我，甘願四處籌謀，籠絡人心。」

我微微一怔，不由得站起身，突有股想要走向他的衝動。此時只見皎潔月色中，伊人獨立窗下，對影成雙，這畫面透著一抹說不出的淒清。

宇文邕生性隱忍，極少在人前流露脆弱的一面，即便跟我訴說深情話語也是自信而強勢的。如今他這種罕見的悵惘，反倒讓我覺著有些心酸。

我款款走到他背後，輕聲啓口：「你細看這封信，他寫的是『吾帝』彌羅突……他是想說『吾弟』麼，但這絕非簡單的筆誤。這本名冊實是他為你打下的根基，唯有不辜負他的期望，才對得起此一片殷切之心啊。」

宇文邕略有動容，側頭看向我，眸光凜冽，「我知道，成大事，必須有所犧牲。可是我只剩這一位兄長，斷斷不想再失去他啊……」宇文邕俯身抱住我，像孩子似的把頭埋進我頸窩，口中熱氣呼在我耳際卻無往日的灼熱。他自語般地說：「我眞的不想。」

我方才本已下定了決心要跟他保持距離，可猝不及防又被他抱住，想推開他卻又有些不忍。猶豫片刻，我伸手輕拍了拍他的背，說：「其實要救他，也並非沒有辦法。不如我們一起搏一搏？」

宇文邕抬起頭來看我，神色裡有疑問亦有一絲期許。我想給他些信心，俏皮地挑了挑眉，「你我一向配合得十足默契。只要我們兩個聯手，還有什麼做不到的呢？」

「莫非你心中已有妙計？」他詫然道，一同經歷過許多危機，似乎他對我的小聰明也頗具信心了。

「其實，也不算什麼妙計。只是如今這種形勢之下，無論怎麼做都會有風險，根本沒有所謂的萬全之策。」我看著他的眼睛說：「依舊是置於死地而後生……可是倘若一出錯，便會滿盤皆輸，不但救不了宇文毓，還會把我們兩個都搭進去。」

月光如白霜，瀰漫了整個房間，我迎著這一束清輝，微微揚起唇角，「所以，我們要有絕對的信心。」我握起拳頭，用虎口那端輕輕捶向自己的胸口，嫣然一笑，一字一頓說：「你要相信，我們一定可以成功。」

5

我連夜趕到姑母元氏派來的使者那裡，來者已經入睡了。在外廳等了老半天，只見一個面目恬淡的中年女子披衣出來。

這女子想必見慣了場面，料到我深更半夜前來定然有隱情，也不責怪，只走近幾步問道：「清鎖小姐深夜來訪，可是有甚要事？」

這人我頗有印象，是元氏身邊得臉的大丫頭，好像喚做鴛鴦。

我面露難色，欲言又止，頓了半晌才說：「鴛鴦姐姐，其實清鎖上午就想過來看你的，可是府裡人多眼雜，說多了也不好，故只好深夜來訪。叨擾了姐姐歇息，清鎖真是十分過意不去。」說著，我有意無意地四下掃視一圈。

鴛鴦會意，對她帶來的幾名侍衛說：「你們先下去吧。」旋扶我落坐椅上，「清鎖小姐，有話慢慢說。」

我咬了咬嘴唇，佯作混亂之態，開口說：「姑母待我恩重如山，我……司空大人有事瞞我，可是我……哎，只求姑母日後能念著我的情面，請姑父放他一馬吧！」

鴛鴦神色一凜，想來是覺得事態嚴重，忙道：「清鎖小姐，到底發生什麼事了？您說清楚點啊。」

我捏著手絹，忽然撲到她懷裡哭道：「鴛鴦姐姐，我也不知道該怎麼說……但司空大人定然有事瞞著我的，要是日後有那麼一天，你務必幫我求求姑母放過我的夫君……」

鴛鴦略略生急，忙扶起我道：「到底怎麼回事？您說清楚一點……」

這時，大門倏地被推開，宇文邕出現在門口。

宇文邕沉著臉道：「清鎖，深更半夜的，你跑到客人房裡叨擾，成何體統？還不跟我回去！」說著他上前一步，扯著我的手臂就往外走。

鴛鴦似是想說什麼，然而猶豫片刻後終未開口，垂首侍立一旁。宇文邕發怒的樣子的確嚇人，況且對她而言，這始終是別人的地方。

我被宇文邕拖出房門，露出百感交集之狀回首望了鴛鴦一眼，才默默垂著頭跟他走去。走出很遠，我都沒敢跟宇文邕說話。

直至回到了我居住的小院，我才如釋重負地長舒了口氣，甩開他的手，落坐院子正中的石凳，整個人往桌上一趴，「哎，還眞是累人啊。」

宇文邕坐到我身邊，大手撫上我的背，作勢歎了一聲，戲謔道：「你呀，倒眞是個會作戲的人才。」

我身上本有些寒涼，他的手那麼溫熱，我身子突地一震，一個激靈坐起身，心想除了正事我還是少跟他接觸爲好。於是我定了定神，說：「第一步算是完成了。鴛鴦爲人乖覺，元氏也不是省油的燈，我若說得太明反倒不易引人上鉤。現在演了這一齣，鴛鴦以爲出了大事，卻又猜不透，肯定會快馬加鞭回去稟告元氏。到時候宇文護把注意力放在你身上，皇上的命就能再多留一陣子了。」

天邊初露晨曦，我沉浸在自己的思緒裡，繼續自語道：「小蝶是跟著元氏車隊來的，宇文護在各大要道上都設了關卡，要不是仗著她過去是宰相府的人，混進車隊裡當小廝，還眞的很難進到司空府……估計天亮以後，鴛鴦就會回去了。嗯，時間不多了，我趕緊去找小蝶，把整個計畫跟她講明，好讓她回宮轉告給皇帝。」我甚是投入地自說自話了半天，站起身就要往小蝶藏身的柴房走去。

宇文邕按住我，眸子裡透著一抹淺淡的溫柔，「你累了，早點歇息吧。」

我乾笑一聲，雖然疲累，卻又想親力親爲，遂堅定地回說：「還是讓我去吧，原本想由你寫封親筆信給皇帝的，可是書信到底不安全，萬一小蝶出了什麼事……還是死無對證較妥。」我轉過身踏出一步，「看來我得跟小蝶講上幾遍，讓她一字一句牢牢記在心裡。否則的話，一旦某個環節出了差錯，我們全部心血就可能白費了。」

宇文邕忽然自後拉住我的手，寬大的手掌將我冰涼小手包裹在其中，輕輕摩挲著。我一愣，詫異地抬起頭，卻對上他深邃的眼瞳，只聽他輕聲道：「我已經囑咐她了，還將幼時用過的一枝斷筆讓她帶去。皇兄看了，自會明白我的心意。」他手上微一添力，又將我拉近了些，「你今天很累了，早點回去睡吧。」

此時天邊泛白，晨風微涼，我倒眞覺得累了。可是他話雖這麼說，卻並沒有要放開我的意思。我怔了怔，又抬眼去瞟他，他幽深黑眸牢盯著我的臉，透出溫柔又難以割捨的壓迫感。

我被他看得不自在，又有些不解，努起嘴巴問：「你看著我幹嘛，我臉上有花不成？」

他湊近了我，伸手拈起我的下巴，薄唇一揚，淺笑道：「我在看我府裡這位深藏不露的女諸葛。清鎖，你若生得男兒身，可不知會是個多讓我頭疼的對手！」

我聽得不好意思，臉頰一紅，謙虛道：「其實也沒什麼，都是些小聰明罷了。」

見我這樣，宇文邕唇邊逸出暖暖笑意，手掌撫上我的臉頰，眼中一時充滿愛憐。

我忙退開一步，「不早了，大人也早點回去歇息吧。」

宇文邕怔住，懸在半空的手一僵，不落痕跡地緩緩放落。

我別轉過身，低頭看著腳尖，沒有再說話。

片刻之後，他轉身走向月牙門，身影中似有幾分失望寥落之意。

我站在原地很久很久，只覺自己腦中疲憊不堪，卻又出奇地清醒。

宇文邕這般對我，我還能裝傻到什麼時候呢？因為曾被傷害過，所以我也不想再去傷害別人。可今時今日，我真的不想再碰觸那種叫做感情的東西，畢竟我知道那只會傷人傷己。

我轉身回房之際，眼角瞥見一道白色身影，那麼熟悉卻又那麼陌生，恍曾在我夢裡出現過千百次……他就那麼佇立於一簇花樹之下，悄悄望著我。

曦光流轉，那人身上罩著一層淺金明麗的光芒。

他的眼睛依舊那麼美，漆黑瞳仁裡彷彿有細碎星輝，美得懾人，美得令人不住屏息。

蘭陵王——這是我的幻覺嗎？

我呆立半晌，抬手揉了揉自己酸澀的眼，自語道：「唉，我又開始做夢了呢……」

再抬眼看時，牆下樹影婆娑，果然空無一人。

我自嘲地笑笑，心頭一酸，轉身回房。

第四章　愛此山花四五株

他身上有股淡淡香氣，那麼熟悉，那麼清冷。他與那人纏鬥在一起，白衣勝雪，身影如電，一動一靜間宛似一朵遺世獨立的霜白之花，綻放於月華之下。是蘭陵王！我站在他背後，光看著他的背影，幾乎就要落下淚來。

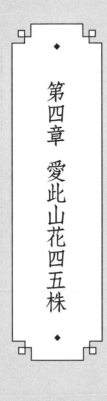

1

此時已是正午。

我坐在妝臺前，等碧香去拿一把新的梳子給我。說起來也眞是奇了，我用慣的那把牛角梳成天都擱在妝臺上，可不知怎麼著，昨夜突然失了蹤。又不是啥値錢的東西，理當不會有人偷吧？

鏡中人的容顏微顯憔悴，我本就清晨才入眠，或因爲心裡有事的緣故，睡到上午便再睡不著了。起床第一件事就是派碧香出去打探，元氏的大丫頭鴛鴦果然一大早即告辭啓程，小蝶應該也藏身在那列車隊裡一起回京城了吧。我舒了口氣，心想這計險招，現在算是走到第二步了。

這時，碧香捧著一把新梳子急匆匆地走進來，邊走邊嘮叨說：「小姐，最近您還眞是賓客盈門啊，昨兒剛有宰相夫人派的人來看你，今兒又有煙雲閣的兩位侍妾說要來拜訪您呢。」

我一愣，問說：「什麼？煙雲閣的侍妾？」

碧香俯身給我梳頭，回應道：「一位叫無雙，一位叫茉莉，都在外頭園子裡候著小姐呢。哼，這些人啊，就是狗眼看人低，過去都不拿正眼瞧小姐的，現下看司空大人重視小姐，就紛紛爭著來踩門檻了。」

我寧可回床上多睡一會兒，可是想想那樣似乎又不太好，便吩咐說：「這樣吧，我出去見見她們。但要是時間太久，你就想辦法把我叫回來。」

碧香噗哧一笑，「知道了，小姐。」

陽光明媚，園子裡開著各色花朵，金輝之下一片絢爛。小亭中坐著兩個女子，衣飾皆十分華貴，聽到我的腳步聲，她們急忙站起身相迎。

端詳我片刻，其中一名綠衣女子道：「清鎖妹妹，嘖嘖，你看，出落得可越發水靈了。這就是妹妹你的不是了，病好了也不告訴姐姐一聲，我和無雙都很記掛著你呢。」

我見她們禮數周全，忙也回應：「小病而已，哪好意思叨擾兩位姐姐，來，快請坐。」旋引她們到小亭中的石凳上落坐，揚聲說：「來人啊，弄些點心來，好好招待兩位姐姐。」

另外一個叫無雙的女子臉上掛著笑，卻一直沒說話，只是偷偷打量我。我笑著迎上她的目光，說：「無雙姐姐，茉莉姐姐，煩勞你們二位親自拜訪，清鎖真是受寵若驚。」

細看之下，其實這兩位長得都不錯，而且各有特色，一個稍豐腴些，一個纖細如柳。我不由暗自驚歎，宇文邕這個登徒子，府內隨便叫出來一個都是美女，可不知道還在那煙雲閣裡藏了多少鶯鶯燕燕、環肥燕瘦呢。

無雙微微一怔，隨即揚唇道：「哪裡的話。自打清鎖妹妹回來之後，司空大人就再沒往煙雲閣去過，以後來『親自拜訪』妹妹你的人，不知道還要有多少呢。」

這話裡明顯帶刺，那個叫茉莉的比較圓滑，忙說：「我倆不比妹妹出身尊貴，也沒甚好帶給你的，小小心意，還請妹妹笑納。」說著一揮手，便有幾名侍婢捧著托盤走上前來。

我略略掃一眼，皆是些精緻的點心和人參等補身之物。我忙客套說：「兩位姐姐過來看我就罷了，還帶什麼禮呢，以後過來可別帶東西了，不然清鎖眞要不好意思了。」

無雙卻嗤了一聲，「現在，這府裡出身尊貴的可不只你一個了。咱們倆的禮物要是入不了清鎖妹妹的眼，以後恐怕也自有能入得了你眼的人。」

我聞言一愣，心想這話裡挑釁的意味也太露骨了。她所說的另一個出身尊貴的，應該就是指顏婉吧。我當下卻不想跟她做這種無聊的口舌之爭，只是一笑，揚聲叫下人拿些鳳梨來，並說：「我這也沒甚好東西回給二位姐姐，這些鳳梨還挺新鮮的，不嫌棄的話，請帶些回去嘗嘗吧。」

無雙見我沒回嘴，待又要說什麼，卻被茉莉擋下，她笑道：「那就謝謝妹妹了。無雙，時候不早了，我們也別打擾清鎖妹妹歇息，改日再來吧。」

我心想，改日再來啊，最好以後都別再來！

我當下也不挽留，「二位慢走，妹妹就不遠送了。」

眼看她們走遠了，我歎了口氣，心想倘以後天天都有一群女人來「看」我，我可怎麼受得了？忽然又想起江燕媚那日的話，現在府裡女眷泰半已成顏婉的「爪牙」，就不知這一個唱白臉、一個唱紅臉的無雙和茉莉，會不會也是顏婉的人呢？這麼久以來，我一直刻意避開與顏婉碰面，不想捲入任何有關宇文邕的爭風吃醋事件，但是她們並不這麼想吧？

腦中驀地閃過一個念頭，如果我繼續留在宇文邕身邊，如果我漸漸開始眞心在乎他了，那麼……與眾多女人爭寵吃醋便會成爲我生活中的必修課，這是我無法改變更無可逃避的難題。也許潛意識裡，我不敢對宇文邕動情，多少包括這層因素吧……

這個男人妻妾成群，我知道我注定無法獨自占有。

正出神間，碧香小步走過來，端了杯茶水給我，說：「那些禮物，奴婢都幫小姐收好了。嘖嘖，怎地突然那麼大手筆？以前可是連一碗糖水都要跟小姐爭呢，哎，這些人眞是……」

我回過頭，笑著點一下她的腦門，「好了，瞧你憤世嫉俗的，都快成個小憤青了。」

碧香聞言微愣，口中重複這個陌生的詞彙，「憤青？」

我偷笑了一秒，甫歎道：「其實見風使舵、拜高踩低，也算是人之常情呀。」抬頭望著遠處，長廊裡擺著的各色菊花沐浴在日光下隨風搖曳，不時有幾片花瓣落入水中，隨著水紋一漾一漾四下漂去。

花自飄零水自流，女子紅顏如花，到底要把自己的命運依附於男人身上啊。

「今時今日，也許我正處在她們往昔的位置，以後，也未必會迎來更好的光景……」我把手搭在亭邊的白玉欄杆上，俯身用下巴枕著手背，望著亭外的流水落花，幽幽地說。

這時，他的聲音乍自半空而來，大手輕輕拂過我的髮絲，聲線深沉而動聽，其中也有嗟歎，「清鎖，你就是不信我。」

我髮間一涼，似有東西簪在了頭上，伸手一摸，竟是一支觸手生涼的玉釵，下頭綴著幾縷流蘇。

碧香機靈，忙道：「奴婢去給小姐拿鏡子來。」旋轉身一溜煙奔出了涼亭。

宇文邕在我身邊落坐，瞧看一眼滿桌杯盞，問道：「怎麼，有客人來過嗎？你……」

他不提還好，一提起無雙和茉莉那對好姐妹我就鬱悶，當下用筷子夾起一塊鳳梨放到他嘴裡，揚聲說：「碧香，再多切點鳳梨來！堵住他的嘴！」

碧香剛走到半路，回頭瞄了我們一眼，當下噤若寒蟬，大抵是頭一回見到府裡有人敢這麼對待宇文邕吧。

是不是真的有些過火了？我忙瞟一眼宇文邕，只見他沉著一張臉，合著兩片薄唇嚼著那塊鳳梨，吃相倒是十分好看。

哼，活該，誰讓你有那麼多侍妾呢！我一咬牙，別過頭偏不理他。

這時，忽有雙黑漆木筷出現在我眼前，夾著一塊鳳梨。他晃了晃，說：「清鎖，你不吃嗎？」

我一愣，回過頭去，只見宇文邕正滿臉和善看著我，居然毫無生氣的跡象。我呆呆地搖了搖頭，他便把那塊鳳梨放到自己口中，還讚了一句：「味道不錯呀。」

我不由失笑，乍覺方才那股煩悶的心情一掃而空。

此時，碧香捧著銅鏡走過來，嘴甜道：「小姐，這支芙蓉白玉釵可真配您。」

我到底也是愛美的，忍不住接過鏡子左右端詳，只見一支瑩白的芙蓉玉釵簪於青絲雲鬢之上，花下鑲著一縷翡翠葉，葉片四周還嵌著數顆綠寶石，在白日天光下閃爍生輝，葉片下用極細的銀鍊綴著大小相當的粉色珍珠流蘇，真可謂巧奪天工。

見到這等好看的玉釵，我自然歡喜，唇邊不自覺帶了一絲淺淺笑意。

「喜歡嗎？」他的聲音響在臉側，我才發覺宇文邕竟目不轉睛地看著我，臉上不由得一紅，把鏡子擱放桌上，側著腦袋也不說話。

一雙大手自後環住我，繞到前方來扣在我腰上。他用下巴抵著我的肩，笑道：「看你這般嬌羞無限的模樣，為夫真忍不住想……」

「想什麼想？別以為送我一支芙蓉白玉釵就可以隨便占人家的便宜。」我忙又夾起一塊鳳梨塞到他嘴裡，嗔道：「不是說很喜歡麼，好好吃你的鳳梨吧！」

他頗是享受地吞落，雙手仍環抱著我，似很隨意地問：「那你呢，你喜歡吃什麼？」

既問說起這個，我倒認真地想了想，卻又不肯直接告訴他，遂吟念道：「石榴未折梅猶小，愛此山花四五株。斜日庭前風裊裊，碧油千片漏紅珠。」然後調皮地歪著頭回看著宇文邕，「是什麼我不告訴你，倒看你猜不猜得出。」

2

是夜，月圓如盤。

我躺在床上輾轉難眠，心裡思忖著，按理說，鴛鴦把這邊的消息帶回去，宰相宇文護這兩天合該有動靜了。可是下午無人的時候我問過宇文邕，他說帝都那邊居然平靜得很，不見宇文護有所行動，宇文毓暫時倒也安然無恙就是了。

不知宇文護這隻老狐狸，心裡頭到底在打甚算盤呢？想著想著，我肚子餓了起來，更加睡不著。這深更半夜的，我又不忍叫醒碧香，於是自己披上衣裳，欲去廚房找點宵夜吃。

夜色撩人，我走到庭院正中，只見一輪滿月懸於深藍天幕正中，灑落一地霜白，似下了雪一般。我呆立片刻，頓覺背後有道溫柔的目光注視著我……猛地回過頭去，卻只有長亭樹影，空無一人。

大概是最近休息時間不足，有點神經質吧。世人總說花好月圓，也許月圓之夜確易引人心生思念吧。而我在思念誰呢？倒眞是連自己也迷亂了。

廚房守夜的小廝本已昏昏欲睡，看到我來了，急忙跳起來，動作麻利地弄了一碗熱蓮子羹給我。

這小廝約十幾歲模樣，不知怎地讓我想起曾有過幾面之緣的小兵阿才——想起他笨手笨腳地挾持我做人質，卻也因而把我帶到蘭陵王身邊。

此時夜深無人，我獨自捧著一碗蓮子羹，想起那些事、那些人，彷彿都已是前生的事。獨自走過空庭，本想回房好好睡一覺，免得自己總陷入瞎想狀態。卻見我房門口黑影一閃，有個黑衣人鬼鬼祟祟地左右看看，推門進了我的房間。

是小偷嗎？我忙躲到一根石柱後面，小心翼翼地望將過去。因爲窗戶是打開的，依稀能夠看見那道黑影走近我床邊，不假思索地舉起匕首一陣亂刺！

我心中大驚，捂著嘴巴不敢叫出聲來。心想這哪裡是小偷，分明是殺手啊，要人命的！正想著如何才能不被他發現，好死不死，這當兒卻見碧香迷迷糊糊地從側屋裡走出來，問說：「小姐，您怎麼站在這裡？這麼晚了還不睡……」

我欲上前捂住她的嘴，可已經來不及了。那黑衣人聞聲回過頭來，狠狠掀起我床前的紗帳，見裡側沒有人，轉身跳出房門就朝我們奔來。

「快逃啊！」我推了碧香一把，轉身便跑。

心裡不由暗想，要不是中了妙無音的地羅散，我身上桃花的功力還在，如何用得著怕他！可惜我現在大病初癒，腿腳都不利索，別說是退敵，能活著跑掉就算不錯了。

那個黑衣人這時已經跑到我背後，一把抓住我的胳膊，我轉過身正對上他高舉的匕首，刀尖散發著冰冷的光。我幾乎來不及尖叫，那人即已一刀兜臉劈下來……

就在這時，我眼前忽有白影一閃，來者動作極快，一劍格開那人的匕首，反手將我護在背後。他身上有股淡淡香氣，那麼熟悉，那麼清泠。

他與那人纏鬥在一起，白衣勝雪，身影如電，一動一靜間宛似一朵遺世獨立的霜白之花，綻放於月華之下。

是蘭陵王！

我站在他背後，光看著他的背影，幾乎就要落下淚來。

就在這節骨眼，黑衣人倏地將匕首狠狠朝我擲來，我整個人僵在原地，渾然不知該如何閃躲，蘭陵王回頭看我一眼，急忙揮劍去擋。雖然那把匕首最後沒刺中我，刀鋒還是劃破了我的手腕，殷紅血絲順著極細的傷口緩緩滲出，我卻不覺得疼。

我只是站在原地牢牢盯看他，彷又看到了那段一起度過的單薄而又遙遠的歲月。我老像個傻瓜，不知疲倦地跟隨他背後，曾經爲他放下矜持和使命，等著他來，等著他給我幸福。

他卻一次又一次失約，最終還是爲了心中所愛而捨棄了我。想起那日妙無音曾在地牢裡幸災樂禍地對我說：「你說蘭陵王會先去救誰呢？呵，元清鎖，想讓你當一次傾城美人，怕是也難吧。」

或許在我心裡亦早就知道蘭陵王他不會來，可仍不禁抱著期待，心存幻想、固執地欺騙自己，以爲這段單方面感情也有開花結果的可能……得到的，卻全是相反的答案。在司空府醒來那日，我告訴自己絕不可繼續迷戀「不懂得珍惜我的男人」，就算他再俊逸、再溫柔，也不可能譜出屬於我一個人的美麗童話。

事隔許久，我以爲自己已經放下，長久失去他的消息，不再想起這個人，也是不願再想。可是現在，他爲什麼又出現在我面前？他的氣息裡依然夾雜著那抹熟悉的淡香，一縷一縷侵入鼻息，彷彿絲線一般將我的心纏繞、勒緊，漸漸疼痛得不能呼吸。

恍惚間，蘭陵王已一劍穿透了刺客的肩膀，那人倒在地上，左手捂著右肩上的傷口，再也動彈不得。此時蘭陵王才回過頭來看我，剔透如白玉的容顏被淒迷夜色罩上一層薄霧，似乎比分別以前更加清俊。

我的手腕在滴血，一如我的心，可是我只任血流著，定定地看著他。

蘭陵王對上我的眼神，極美瞳仁微微一顫，刹那間我彷彿在他眼中窺見到了與我一樣的心痛，唯只轉瞬即逝。一直覺得他心裡好似總有堵牆將我隔絕在心扉之外，偶爾浮現一抹糾結的眼神引我進入，結果卻是越行越遠。即便在我離他最近的時刻，亦始終未曾逾越。

蘭陵王臉上又恢復成悲憫而溫柔的神色，他低頭扯過我的手細看了傷口，從袖中抽出一方白錦帕，上頭繡著淺淡的蘭花圖案，輕輕覆在我腕上。他修長溫熱的手指觸到我的肌膚，那種陌生的溫存，讓我恍覺置身夢境。

爲什麼那日你沒有來？爲什麼要一次又一次捨棄我？這些話我很想問出口，卻是難以脫口，或許是因爲我心裡早已知悉了答案。我什麼也不能說、什麼也不能做，只能這樣既貪婪又痛楚地看著他，千言萬語梗在喉嚨裡，最後僅餘沉默。

一滴淚水，忽而垂落他手背上，激起細小的水花。他猛地停住動作，怔怔地看向我。

溫熱的液體順著我的臉頰不斷滴淌……我緣何流淚？我緣何要在他面前哭？我忙用手背去擦，卻怎麼也止不住。終於再抑制不住心中的酸楚，別轉過身，雙肩瑟瑟地顫抖著，我背對著蘭陵王，咬著牙不想再落淚，第一次這樣連名帶姓喚他的名字，「高長恭，你走。我再也不想看見你！」

他身影微微一震，剛要再說什麼，可就在這時，月牙門裡透出火把的光亮，腳步聲紛繁雜亂，府裡侍衛已然聞聲趕來。

宇文邕走在最前面，身上還穿著睡袍，肩上胡亂披著一件外衣，一臉焦急。他見到我時目光乍閃，懸著的心甫才落下，卻又在看清我滿面淚水的時候，露出幾許迷惘愛憐之色。

空氣中猶隱約流轉著蘭陵王身上淡淡的香氣，可再回頭時他已經不見蹤影，唯餘月光樹影，顯得格外清冷寂寥，就好像他從未在這裡出現，什麼也沒發生過。

宇文邕奔過來扶住我，眼中溢滿了焦慮的關切，將我上上下下查看一番，接著如釋重負地將我擁入懷中。他下巴抵住我的額頭，緊緊摟著我的身子，「清鎖，還好你沒事……你不知道我方才有多害怕，我怕那個刺客會傷到你，我怕……」

他的聲音響在耳邊，我卻聽不清。我腦中亂成一團，全身都在發冷，心裡也是一樣，方才所發生的一切宛如幻覺。只是手腕的傷口還在痛，只是那方蘭花帕還在月光下逸著淡淡幽香……

聽了宇文邕這番話，我臉上淚水愈加洶湧，卻不知是爲誰了。我把頭深深埋進他懷裡，任溫熱的淚浸濕他單薄的衣衫。

宇文邕像是觸摸到我心底的迷惘和傷悲，將我抱得更緊了，我可以清晰感受到他跳動的心臟和灼熱的體溫。

很久很久，我就這樣依偎在宇文邕懷裡，心中凌亂又疲憊。

月色如霧，讓人看不清前方之路。

3

天色已是傍晚。

窗外懸著一抹明亮的緋紅雲彩，夕陽無限好，只是近黃昏。忘記昨夜怎地入睡，再醒來之時已逢日落。想起昨夜蘭陵王極美鳳目裡含義未明的眼神，以及自己對他說的那句充滿怨憤而絕情的話，恍似一場夢。

此時，宇文邕、楚總管和碧香都在我房間裡。宇文邕對我遇到刺客的事情很重視，下令讓楚總管徹查此事。還有煙雲閣那些侍妾，無論是眞心還是假意，早晨也都紛紛派人送來些藥材說要給我壓驚，當然這其中估計有點幸災樂禍的成分，心想那個刺客怎會那麼沒用，不乾脆一刀捅死我算了。

總之昨晚的事在司空府中引起軒然大波，反倒是我這個當事人，被蘭陵王奪去了心神，倒沒怎麼把此事放在心上。

楚總管在詢問碧香昨夜事件的詳情，我有些心不在焉，不知不覺就走了神。這時聽到有人對我說話，抬頭只見楚總管正探詢地看著我說：「清鎖小姐，關於昨夜那名刺客，你能否想到其他線索？昨夜的事是屬下保護不周，等你入住望仙樓之後，我會多派一隊人守在門口，請小姐安心。」

我微微一怔，「那個刺客不是已經抓到了嗎？直接拷問他誰是背後指使者不就行了？還需要甚線索呢？」

這時碧香忍不住插嘴道：「小姐您方才在想甚呢，怎麼都沒聽我們說話的？那個刺客昨晚被人殺了，看來那背後主使的人可不簡單哪。」

我一愣，不由得睜大了眼睛，「什麼？那個刺客死了？」到底是一條人命，且事情是因我而起的，我不禁蹙了蹙眉。

宇文邕卻沒有說話，只怔怔地看著我，目光落在我手腕的蘭花帕上，略帶一絲迷惘難言的神色。

碧香順著他的目光看過來，好像忽然想起了什麼，忙捧了一碗搗碎了的草藥走到床邊，「昨晚小姐受了驚，奴婢就沒敢打擾您歇息。這是司空大人讓太醫預備的刀傷藥，奴婢來給小姐敷上吧。」

碧香說著就要來解我腕上的蘭花帕，我下意識把手往後一縮，說：「你別碰它！」這方蘭花帕上還沾染著那個人的氣息，我不捨讓別人碰，彷彿一經別人碰觸，就會幻滅了他的影像。

碧香一愣，不由停住腳步，驚訝又委屈地看著我。我有些歉疚，自覺方才語氣重了，同時也清醒了許多。蘭陵王是我什麼人？難道還要再爲了他犯傻嗎？

「我自己來。」我輕聲說，親手解下那方蘭花帕攥在手心裡，把左腕上的傷口伸到碧香面前，「你手輕一點。」

「知道啦，小姐。」碧香瞅著我微微一笑，氣氛又轉爲輕鬆。

可就在這時，宇文邕忽然起身走到我面前，從碧香手裡接過瓷碗，神色似頗悵惘，目光看著我，卻是對楚總管和碧香說：「你們先退下吧。」

我微微一怔，楚總管和碧香忙依言出去了。房間裡只剩下我們兩個，我側頭不去看他，隱約覺得氣氛有幾分怪異。

宇文邕今日一襲深褐色燙金邊錦衣，腰間懸著碧色玉墜，更襯得英俊挺拔。他一揮衣襟坐到我身邊，大手拉過我的腕，細細將草藥塗上去。

傷口處傳來一陣刺痛，我下意識將手縮回，卻被他輕輕拽住。他意味深長地瞥我一眼，忽然俯下身輕輕向我的手腕吹氣。

他的唇離我的傷口很近，呵出來的氣息就像絨毛，輕柔而又灼熱，拂過之後是一片舒適的清涼。那種微癢的觸感宛如細小電流，使我身子莫名一顫，臉頰跟著泛紅，半晌才細聲說了句「謝謝」。

宇文邕仍是俯低著身子，撫在我腕上的拇指動了動，在柔嫩肌膚上摩挲出輕微觸感。他側頭看向被我放在枕頭上的蘭花帕，忽然幽幽地問：「這是他送給你的？」

他的聲音很輕，卻帶著一種深深的冷意，引我整個人微微一震。

關於我跟蘭陵王，他到底知道多少？我心中竟隱隱有些歉意，低下頭沒有說話，房間裡瀰漫著一片緊繃的沉默。

我不知道該說什麼，更不知道該不該說，卻也無法說不是，無法說出欺騙他的話。

宇文邕旋站起身，居高臨下望著我，聲音略帶幾分激動，沙啞地說：「元清鎖，你為何不否認？」

我抬起頭，怔忡地看著他。宇文邕也凝望著我，眼中透出悲哀，「那日你在城樓底下苦守一夜，就是在等他嗎？離開宰相府後，數個月沒有你的消息，也是去找他了嗎？元清鎖，你知不知道無塵道人送你回來的時候，我有多開心？又知不知道，在你昏迷的那幾天幾夜裡，你叫了多少次他的名字？我假裝聽不到，也不敢再問……」他的聲音低下去，平日裡的深沉和凌厲彷彿都在此刻不知去向，帶著一種挫敗和傷感，「我以爲我可以不在乎那些過去。可是昨夜看到你流淚的時候我才明白，放不下過去的人……其實是你啊。」

我心頭一緊，站起身剛想說些什麼，宇文邕已經轉身走出門去，俊朗身影萬分寂寥。

大門開著，小院裡四下堆著凋零黃葉，更襯得他的背影孤單無措。我不自覺地追到門口，夕陽將眼前的風景暈得一片緋紅，他的背影漸行漸遠，我扶靠門框站著，無法再踏出一步。

我眞的放不下過去？我，放不下蘭陵王嗎？

可是放下或者放不下又怎樣呢？做選擇的人，一直都不是我啊！如今，我只想遠離感情，不給任何人傷害我的機會，這樣有錯嗎？

宇文邕的背影消失在橘色天光之中，終於再也看不見。我心頭忽湧起難言的酸楚、歉疚和迷惘，許許多多說不清道不明的東西混雜在一起，只覺疲憊。我緩緩閉上眼，腦海中閃現的竟是方才宇文邕受傷的眼神。

也許時間是唯一解藥，也是我現在正吞服的毒藥。

4

我想，以宇文邕的性格，定是會惱我很久的吧。他那麼驕傲、執著、霸道，又有那麼多女人。如果我不去哄他的話，他定不會再來找我……或許這樣也好。我與宇文邕之間的關係已經變得越來越危險，越來越難以掌控了，躲遠一點，於我、於他皆未嘗不好。

或許是心裡有事的緣故，昨夜我睡得並不安穩，醒來的時候天才濛濛亮。

碧香聽到動靜，睡眼惺忪地走過來，見我睜大眼睛坐在床頭，她驚訝地說：「小姐今兒起得可眞早。」

我聞言不由苦笑，心想以後可不能總睡到日上三竿了，把丫頭們都教壞了。於是我吩咐碧香幫我更衣洗漱，想到外面走走。

推開雕花紅木房門，一陣清涼晨風挾著闌珊秋意迎面而來。天邊曦光淺淡，白雲清透如碧玉，我正覺愜意，卻忽然聽到碧香一聲驚歎：「小姐，您看……」

我目光落到下方，眼前紅光瀰漫，我重重一怔，從沒想過會在此時此地看到這樣的場面，驚訝之餘，整個人都呆住了。

院子裡鋪天蓋地擺著數百只竹籃，裡頭盛著鮮紅欲滴的櫻桃，團團簇簇就像赤色的珍珠，光是看著便讓人口齒生津。熹微天光下，這一籃一籃連綿的櫻桃儼似瑪瑙鑲嵌成的紅毯，堆滿了整個院落，綻放著璀璨清透的紅粉華光。

我怔怔地看著眼前這一切，驀然想起那日他問我喜歡吃什麼的時候，我曾在他面前念過那段詩句：「石榴未折梅猶小，愛此山花四五株。斜日庭前風裊裊，碧油千片漏紅珠。」

原來，他不但猜出了答案，還放在了心裡……可是這種季節、這種地方，他是從哪裡找來這麼多櫻桃的？我胸中一震，不由得步下臺階，俯身拾起一顆櫻桃，它就像一小粒緋色美玉，隱隱約約透著一抹清淺的芬芳。

想起那日他受傷的眼神……我究竟哪裡值得他這樣爲我？深吸一口氣，竟然有種窩心的感覺。

這時，忽有道挺拔人影從樹蔭中走了出來。我急忙看過去，發現並不是他，不免有幾分失望。

原來是楚總管，他似已站在那裡多時了，看我的目光裡隱含幾分深意。楚總管走上前行了個禮，說：「司空大人吩咐屬下守在這裡，直到小姐看到這些櫻桃爲止……還有一句話讓屬下帶給小姐。」

我低頭看向這鋪天蓋地的緋紅珍珠海，道：「你說吧。」

「大人說，『櫻桃不易保存，芳華早逝，卻可以釀成櫻桃酒，長久收藏……雖然不及生生世世，但在你轉身以前，我必定等在這裡，任君採擷，此生無憾矣。』」

楚總管的聲音和語氣都與宇文邕不同，我卻彷彿看到他說這話時極盡英俊的側臉和那種悵惘隱忍的眼神。我不由將那粒櫻桃攥在掌心裡，無意識地緩緩添力，終於捏碎了它，淡粉色的汁水沾黏在手上，潮濕而芬芳。

宇文邕，他是看透了我的心嗎？

「十二樓中盡曉妝，望仙樓上望君王。鎖啣金獸連環冷，水滴銅龍晝漏長。」

我怕紅顏未老恩先斷，怕來日他後宮粉黛三千，怕他終有一日會厭棄我……可是如今，他是想告訴我，今生今世，在我轉身以前，他絕不會比我先離開嗎？

正怔忡間，卻見楚總管走上前來，輕微地歎息一聲，遞給我一紙書函，說：「還有這個……是我在這裡守夜的時候接下的。宰相夫人派人送給小姐你的，請小姐過目。」

我微微一愣，心想京城那邊終於有了反應，接過來細細覽過，半晌歎了一聲，「來者應該也向你說明了來意吧？大人可知道這件事？」書信是簡單的書信，無非是說元氏今日抱恙，請我過去探望一下。可是她的意圖卻絕不簡單，甚至不僅僅只是爲了打探消息而已。想來元氏也非完全信任我的，這一次叫我去她府上，可能想藉著我來牽制宇文邕。但如果我不去的話，就要失去她的信任，這齣戲也沒辦法再唱下去了。

楚總管搖搖頭應道：「還未來得及向司空大人稟報。」

我又微微歎了口氣，「勞煩楚總管安排我出府，暫先別告訴司空大人這件事。待我返回之時，定會給他一個明確的答案。」

不想他再爲我擔心，不想享受著他寵愛的同時，告訴自己並不愛他……或許我需要冷靜一段時間，來看清自己是不是眞的對宇文邕有情。

楚總管思忖片刻，又看了看我背後的碧香，終是應了，「屬下遵命。」

此時已是傍晚，我跟碧香在房內收拾了一整天，總算準備得差不多了，明日便可啓程。我疲憊地坐到床上，看見擺在桌上的一盤櫻桃緋色欲滴，忍不住把盤子抱到腿上，一顆接一顆放入嘴裡。

櫻桃有些涼，滋味酸酸甜甜，一口咬下去即刻芳香四溢，品相又極好，顆顆圓潤儼似晶瑩剔透的瑪瑙。不知不覺間，我已經吃掉了一整盤櫻桃，然後就望著空盤子發呆，一時也不知該做些什麼。

「小姐？」這時，聽見碧香試探著叫我，聲音很輕。

「嗯？」我側頭看她，她眼中顯出一絲探究和感慨，「小姐……您眞的是很喜歡吃櫻桃啊。」

我點點頭，知道她是有話想說，便默然看著她。

「小姐……恕奴婢多嘴，連楚總管都說從沒見過司空大人這麼對一個人。這些雖僅是櫻桃，裡頭的情意可連黃金也比不上吧。」說到這裡，碧香臉上流露出一絲羨慕。

是啊，楊貴妃喜歡吃荔枝，唐明皇便讓人快馬加鞭爲她取來。一騎紅塵妃子笑，這樣的寵愛，哪個女人不希望得到呢？

只是，楊玉環一代佳人，最後還是慘死馬嵬坡。我一介庸脂俗粉，又能期盼些什麼呢？我歎了口氣，再望一眼纏在手腕上的蘭花帕，心裡悵惘難言。

5

天氣愈加冷了。

官道上塵煙滾滾，馬蹄聲應著車輪轆轆聲響，漫漫長夜中更突顯出這抹踏上征途的不安色彩。

轉眼我離開司空府已有好幾日，此行並未攜碧香同行，說是留她在司空府中照應，其實也是自知前途未卜，不願多連累一對愛侶分離。看得出來，她和楚總管感情正加溫，對於相愛的人而言，一時半刻的分隔都會很痛苦，但是那種甜蜜牽掛，並不是每個人都可以擁有。我既然得不到，不如就成全身邊的人吧。

揭起車簾，只見一輪殘月高懸於左側的枯枝之上，照見樹上棲息著數隻寒鴉，透出悽惶氛圍。我忽有一種不好的預感，也就在這時……馬車車身忽然一震，停下來向後顫動數下。

我扶住棚頂凸出來的木框，揭起了門簾，忽見一枝白色羽箭迎風射來，將車夫一箭釘死在車頭。幾匹棗紅馬騰起前腿驚恐地長嘶，前方瀰漫著白霧，隱約可見前方站著數十個黑衣人，前面一排半蹲著，手執長刀，後面的一排握著弓箭，齊一指著我。

這一群明顯是訓練有素的殺手，應該與那晚去司空府刺殺我的人來歷相同吧。可是究竟是什麼人跟我有這般大的仇怨，非要置我於死地不可？好在我出門前早做了些準備。我當下掉頭躲到車後，拿出兩包火藥用火摺子飛快點了，投鉛球一樣擲了出去。

「砰」的一聲，那些人還未來得及反應，中間已有幾個被炸得血肉橫飛。趁著此時，我撲到前頭抓起韁繩，猛地一拉，掉轉馬頭往反方向奔去。

馬車已經破碎不堪，幾匹馬受了驚嚇而互相衝撞，背後的木板砰砰作響，是羽箭射在上面的聲音。我略略著慌，一股恐懼涼意自脊椎骨竄升上來。

就在這時，前方忽有一隊人馬迎面而來，身上穿著司空府侍衛的衣衫，繞過我的馬車，直直朝那群殺手奔了過去。

兩隊人馬廝殺在一起，一時間亂箭橫飛，空氣中漸瀰漫濃烈的血腥味。我心中有些驚訝，此時已經出了司空府老遠，楚總管手下的侍衛怎會出現在這裡？可是眼下根本沒時間想這些，我握緊了韁繩，衝出數丈後飛快地回頭望一眼，到底是實力懸殊，轉眼間司空府的那隊人馬已經被殺手砍死了大半。我背後的木板也被羽箭射成了蜂窩，車後有無數黑衣人持著刀追趕上來。我一咬牙，摘下髮髻上的金簪，猛地往馬後腿上刺去。

領頭的那匹馬吃痛，倏忽間加速狂馳，我強自握緊韁繩，迎面而來的勁風讓我快睜不開眼。前方是一片茂密的槐樹林，中間這條羊腸小徑幾乎已被這架寬大而破碎的馬車所填占。路面上亂石嶙峋，震得車廂哐啷作響，半晌，千瘡百孔的車廂似乎經不起這樣的顛簸，幾聲「吱吱」之後，車廂後身滿是箭孔的木板掉落到地上，緊接著，車轅上的裂口也越來越大。前方陡然不再有路，薄霧下浮現一個巨大黑洞，竟是片斷崖！我心頭一慌，剛想借力躍到馬背上，卻太遲了！

那兩匹馬已經一腳踏空，雙雙跌下了掩映在夜色裡的懸崖！

連接著車廂和馬匹的木條恰好完全斷裂，車廂被慣性帶得飛了出去，在這節骨眼，我一腳踏在向前的車廂上，整個人借力往後一躍，卻抓不住崖角。雙手在半空無力地划過，我閉上眼，心想我今日此生休矣……

就在這時，忽有一隻寬厚手掌緊抓住我的手，灼熱指尖觸在我冰涼肌膚上，恍似這寒夜裡僅存的一絲溫暖，又或是生死瞬間唯一的一根救命稻草。

藉著寡淡月色，我看見他極爲英俊的臉龐，一雙黑眸光芒似寒星，此刻卻充滿了溫暖和關切。電光石火間，他整個人已被我帶下懸崖，並在那千鈞一髮的時刻揮刀刺入崖邊的土石，一手握著刀柄，一手緊緊地拉著我。

月光照亮那人如玉的臉龐，他低下頭看我，額前幾絡碎髮垂落，比平時更添幾分溫柔。

我怔怔地呢喃：「宇文邕……」

懸崖邊的泥土並不牢固，刀柄忽向下滑動數寸，耳邊傳來小石子向下滾落的窸窣聲響，教人膽顫心驚。

宇文邕緊握著刀柄，顯已用盡全力，卻仍拿撫慰目光睇看我一眼，柔聲道：「清鎖，別怕。」

從來沒有想過，會在這種情況下與他相見。我眼中突然含淚，「你怎麼會在這裡？一路跟著我來的嗎？傻瓜，別再硬撐了！現在離崖邊尚不遠，你放開我，還有翻身躍上去的可能。」我抬起頭來看他，眼眶酸酸地說：「否則，我們兩個都得死。」

這時，刀尖又向下滑動數寸，崖邊的泥土和小石子紛紛滾落，宇文邕拉著我，兩個人像柳枝一樣晃動在風裡，搖搖欲墜。我知道再這樣下去，兩個人都會墜下斷崖，咬咬牙鬆開了手，說：「宇文邕，放開我吧。你沒有必要陪我一起死。」

宇文邕卻更緊握住我的手，他低下頭來看我，聲音嚴厲而隱忍，一語雙關地說：「你以為我沒想過要放開你嗎？可是我做不到啊！」他手上猛一添力，握得我手掌生疼，「清鎖，抓緊我！你記不記得我說過，如果你不信天，那麼你可以相信我！就算是死，我也不會丟下你一個人！」

我怔怔地仰頭看他，微弱光線中宇文邕輪廓分明的容顏俊美難言。我用力握緊了他的手，緊接著低下頭，不讓他看見我盈滿眼眶的淚水，喃喃地說：「可是，值得嗎？」

他的手掌寬厚而溫暖，口中回應：「我不知道。清鎖，你把我變成了一個傻瓜，已不知道該怎樣計算是否值得。你就是有這樣的本事，讓我明知道不應該，可卻沒有辦法……」

這時，刀尖又向下滑動數寸，硌在一塊大石頭上，只聽「喀嚓」一聲金屬斷裂的聲音，一塊白刃折斷之後飛濺出來，割破了宇文邕的手臂，他依然緊緊拉著我的手。我與他一同下墜，迎風舒展開的裙裾就像赴死的蝴蝶，他傷口流淌出的血滴在我臉上，涼涼的就像是淚水。

我輕聲低語：「宇文邕，對不起。」

這聲音就像掉落的花瓣，無力地四散在風裡。

我總是惹你生氣、難過，如今還連累你與我一同赴死。

眞的，對不起……

第五章　倚遍危樓十二闌

蘭陵王，他曾經那樣將我抱在懷裡，我還依稀記得他身上獨有的淡淡芳香，可是他也給過我傷害，他總是讓我空等，將我傾注在他身上的真心辜負。而宇文邕，他……他對我好得讓我心疼。

1

斷崖下是一片鬆軟的沙灘，前方是黑夜中波濤洶湧的大海，捲來陣陣夾雜水汽的寒風。

我睜開眼睛看著四周，疑心自己是在陰曹地府。這時，忽有一雙溫熱大手握住我的肩膀，小心翼翼地將我扶到懷裡，急切問道：「清鎖，你怎麼樣？」

這是宇文邕的聲音，這麼眞切，原來我眞的沒有死。我抬眼看他，他的眸子在暗夜中亮如寒星，其中溢滿了溫柔的關懷。我心頭驀地一酸，張開手緊緊抱住他，語無倫次地說：「邕，我們活下來了！太好了，我們都沒有死……」

他手上一添力，將我攬到懷裡，輕輕撫摸著我的髮，片刻後憐愛地抬起我的臉頰，柔聲說：「清鎖，你剛才喚我什麼？」這時，他的眼神忽又一緊，仔細看著我的臉龐，「怎麼會有血？你受傷了嗎？」

我搖搖頭，心中五味雜陳，「你總是問我有沒有受傷，卻忘了自己也會痛嗎？」我俯身查看他手臂上方才被刀尖劃破的傷口，還好並不是太深，可依然血流不止，染紅了大片衣衫。我輕輕撕開黏在他傷口上的布料，問：「疼嗎？」

宇文邕搖搖頭，只靜靜看著我，瞳仁深處竟似有幾許甜蜜。我站起身，用手舀了一捧海水回來，細細洗淨他的傷口。海水中有鹽，觸在綻開的血肉上肯定很疼，他卻似無知覺一樣，只拿柔和目光直盯著我看。

略一遲疑，我解下了腕上的蘭花帕，輕輕包紮他的傷口。

宇文邕眼神一動，忽然問：「你……捨得嗎？」

我微微一怔，只見他正看著那蘭花帕，眼色暗沉。我垂下頭，輕聲回答：「我不知道該怎麼說，也不知道你相不相信。但是，這一瞬間，在這個世上沒有什麼比你更重要。」

宇文邕眼神一顫，像是受到了觸動，深深將我抱在懷裡，下巴緊抵著我的額頭。伏在他胸前，我能聽到他快而有力的心跳。他低下頭，雙唇印在我額頭的髮際上，一點一點向下，輕柔地滑過我的眼睛、鼻子，最後狠狠落在我唇上，急切而又灼熱。我忽然不知該如何拒絕，甚至也不知該如何回應……他的吻本來很輕柔，卻突然激烈得幾乎讓我窒息，舌尖深深地探入我口中，像是在索求什麼。

我雙手抓著他的衣襟，再無力支撐起自己的身軀，只無助地喘息。宇文邕翻身將我按在身下，氣息灼熱，沿著脖頸吻向我的耳垂……

鬆軟的沙灘在深夜裡泛著涼意，一彎殘月散發著微弱而清冷的光。夜裡很冷，我卻渾身都熱了起來，本就已經疲憊不堪，此時腦海中更是一片空白，他的吻滾燙而溫柔，讓我知道我還存在……可就在這時，宇文邕忽地停住了動作，眼中有極力壓制的慾火。

他伏在我身上，喘息著說：「清鎖，不可以在這裡……我要給你最美的樓宇，我要讓你在屬於我們的地方，眞眞正正地屬於我。」

我的呼吸起伏不定，像是鬆了口氣又像是歎息，雙手撫摸著他凌亂的髮絲，輕輕地說：「宇文邕，你這個傻瓜……」我到底有什麼好，值得他心甘情願地陪我一起死？我又能給他些什麼，值得他把我捧在手心裡，如珍寶般對待。

他自語般地呢喃：「清鎖，你知道麼，如果現在是一場夢，我寧願永遠不要醒來。我終於知道，原來在你心裡，也有我的位置……」說著，他站起身橫抱起我，往背風的一塊岩石走去。他將我放在大石凹處，坐在我身邊，將我環在臂彎裡，輕聲地問：「冷嗎？」

我搖搖頭，雙手環住他的腰。或許只有兩個人的體溫，才能熬過這樣寒冷的夜。我在他懷裡微微側頭，望向寡淡月色下好似一團黑霧的海面，打趣道：「可惜那些殺手還在附近，不能生火，不然你我圍著火堆看海，倒頗愜意的呢。」

他輕輕一笑，「你喜歡海嗎？那以後我就在海邊建一處別苑，你若喜歡，我每年都陪你來看海。」

這樣的許諾，有哪個女子會不喜歡聽呢？我淺笑回應：「你並不是奢華的人，卻為我興建望仙樓。現在還說要在海邊建別苑，難道眞要爲我做昏君嗎？還是想讓我背上狐媚惑主的罵名呢？」

說到「昏君」，我倏地想到宰相宇文護，神情嚴肅了些，「你說，到底是什麼人在追殺我們？看情況似乎是衝我來的，難道是宰相夫人派的人？」我抬起頭來看他，「對了，你又怎麼會出現在這裡呢？我不是讓楚總管瞞著你了嗎？難道你一直跟在我背後？」

宇文邕把玩著我垂落下的一綹髮絲，一副寵溺的表情，「這麼多問題，你讓我先回答哪一個呢？」

我輕笑，在他懷裡調整了個舒服的姿勢，好整以暇地看著他。

宇文邕忽然歎了一聲，「楚總管是個守信用的人，答應你之後，他確實沒有告訴我你離開的消息。是我第三日去找你卻尋不見人，威脅說要治碧香的罪，他不得已才把你的行蹤告訴我。」

他輕輕撥弄我的長髮，又說：「清鎖，你能明白我當時的心情嗎？那種害怕的感覺，你已經讓我體會過許多次了。怕失去你，怕再也見不到你……怕有人會傷害你，更怕你是自己想逃，再也不願回到我身邊了。」

我心中一酸，油然生出一股歉疚和慚愧，低低地說：「邕，對不起。」

他微一側頭，下巴輕抵在我頭上，柔聲說：「傻瓜，你沒有對不起我。你看，你已經肯喚我的名字了，所以這一切都是值得的。」他頓了頓，繼續說：「我帶著一隊府裡的侍衛連夜趕路，才在這裡追上你。」他握住我肩膀的手緊了緊，似是有些害怕，自語般地說：「還好，你此刻就在我懷裡，安然無恙。」

我閉上眼睛，只覺這個懷抱如此溫暖。片刻之後，我說：「那些殺手會是誰派來的呢？只有宰相夫人知道我的去向，可沒理由是她啊。」

宇文邕眸光中透出一絲冷意，「宇文護要廢掉皇兄的事，朝中許多勢力都看出了苗頭。儘管只是做傀儡，卻也有許多人想搶那個皇位。恐怕那些人是衝我來的，畢竟現下看來，最有可能替代皇兄接掌帝位的人就是我。」

我想了想，說：「我的馬車是從司空府出來的，包得嚴嚴實實又是前往京城，他們誤會車裡的人是你並不奇怪。可是上次我在司空府裡遇到的刺客呢？那個人絕對是衝我來的，背後又是何人指使的呢？」

我抬頭看一眼宇文邕，他眼中露出同樣的疑惑，我說：「你是不是也認爲，那天的事是她做的？可是無論如何，她沒有理由對你不利。」

他應該知道我是在說誰——顏婉，這個女人的手段早在很久以前我就見識過的。我在司空府住了一個月，刻意避開不想見她，而她居然沒有自己上門來裝模作樣一番，足見她對我的敵意已經那麼明顯，連裝都懶得裝了。

宇文邕認眞思索片刻，說：「我也懷疑過顏婉。可是她現在每天都待在司空府裡，與外界並無聯繫，背後也恐無這麼大的勢力。」

她背後的勢力是天羅地宮，還不夠大嗎？這話我並沒說出口，也不想在這個時候再添煩亂。關於顏婉，雖然我缺乏證據，可這是一種直覺，宇文邕對我越好，她就會越沉不住氣。但如果說那晚刺殺我的人和今天的殺手是同一夥人，那麼即有可能不是她了。

越想腦子越亂，我在宇文邕懷裡蹭了蹭，一手撫上他的胸膛，抱怨說：「哎，我就那麼招人恨麼，怎會有這麼多人想殺我？越想越心煩。」

宇文邕按住我的肩膀，聲音有些古怪，「清鎖，別亂動。」

我有些詫異，又調皮地在他懷裡蹭了蹭，抬眼瞄他，說：「怎麼了？」

他身體微顫，眼中像是燃起了一簇迷離的慾火。少頃，他深深地吸了口氣，像是在克制自己，一雙好看的薄唇壓在我額頭上，薄怒又纏綿地喚我的名字，「清鎖！」

我這才明白是怎麼回事，急忙避開他的目光，老老實實地趴在他懷裡不動了。此時夜色正濃，星光隱沒，大海就像一片無邊無際的濃霧，令人覺得此時此刻恍惚如夢境。我把臉貼在他胸膛上，清晰感受到他的體溫和心跳，讓我覺得分外心安。

我閉上眼睛，一陣疲憊湧上，便沉沉地睡了過去。

2

我睜開眼，發現自己正躺在一輛舒適的馬車上，車身輕微搖晃著，應該是那種四平八穩的大馬車。我舒展了一下痠痛的筋骨，似乎很久沒這樣睡個好覺了。揭開車簾，明媚的陽光灑進來，一陣薰暖。

一片明麗金輝中，宇文邕正騎著一匹黑色駿馬走在我旁邊。他此時已換上一身褐色布衣，金冠也拿掉了，只用布條簡單地繫住頭髮，可是依然氣宇軒昂。他側過頭來看我，微揚起唇角說：「清鎖，你醒了。」

我把手搭在車窗上，歪著腦袋看他，好奇地問：「你怎麼穿成這副樣子？」

宇文邕抿唇一笑，裝模作樣道：「在下是新來的車夫，護送小姐回府的。」

我忍俊不禁，腦海中一下子回想起昨夜發生的種種，追問說：「我們現在要去哪裡？是要回司空府嗎？可是我還要去我姑母那兒啊。」

這時楚總管騎著一匹棗紅馬從後面趕上來，看見我，忙作揖道：「屬下護駕來遲，昨夜讓大人和清鎖姑娘受驚了，還請兩位恕罪。」

宇文邕瞥他一眼，淡淡地說：「這次看在清鎖面上，就這麼算了。可是下次，若讓我知道你有事瞞我……楚臨西，你該知道會有什麼後果。」

楚總管低垂著頭，額上滲出幾滴冷汗，聲音有些底氣不足，「屬下遵命！」

我見此狀況，急忙出來打圓場，笑著說：「還好只是一場虛驚，大家最後都安然無恙。再說也算因禍得福嘛，讓我們發現了那麼美的一片海呢。」

宇文邕一拉轡繩，策馬靠近我，忽然伸手覆在我手背上，沉沉地說：「是啊，因禍得福。若非經過昨夜，我哪能曉得原來你心裡有我。不然，你以為楚臨西辦事不力，還可活到現在嗎？」

我怔了怔，片刻後才領略他話中含義，臉一紅，嗔道：「什麼啊，誰心裡有你……你想多了！」說罷放下窗簾，一溜煙躲進馬車裡。

隔著車簾，仍清楚聽到他爽朗的笑聲迴盪在風裡，那麼清亮，那麼讓人心安。

宇文邕……我，真的喜歡上他了嗎？

行進了很長一段時間，馬車忽然停下來。我有些詫異，也正好想下去走走。

揭開門簾卻見宇文邕正等在馬車門口，他朝我遞出了手，「清鎖，下來吧。」

我扶著他的手跳下馬車，此時已是暮色四合，天邊漂浮著緋紅流雲，大片大片的就像被紅墨暈染的藍色綢緞。

秋高氣爽，我乍覺愜意，伸了個懶腰，原地轉了一圈，裙裾低低飛起，就像含苞欲放的花蕾。前方是個十字路口，回頭只見宇文邕正盯看著我，眼中有不捨，又有一種柔軟的寵溺。

他猛地伸手攬住我的腰，將我拉近他身邊，「清鎖，好好照顧自己，我會盡快回來。」

我一怔，追問說：「你要去哪裡？」

宇文邕望了一眼往北的岔路，簡短回答：「皇宮。」爾後低下頭來看我，將我散落的髮絲別到耳後，柔聲說：「置之死地而後生，我要去救皇兄啊。這計策還是你想出來的，再不去恐怕就要錯過時機了。」

我急忙說：「我跟你一起去！我可以想辦法讓宇文護更信任我們！何況依照我們的計畫，我現在本就應該去姑母那裡的……」

宇文邕搖搖頭，用毋庸置疑的口氣說：「不行，我不會讓你再為我涉險。這些事我一個人可以處理，你只管安心等我回來就好。」

我不甘心，還想再說些什麼，宇文邕卻用拇指按住我的唇，輕輕摩挲著，口氣仍是不容置疑，「清鎖，你就待在司空府，哪兒也別去。我會派更多的人保護你，只要你平安無事，就算是幫了我。」

我垂下頭，心中湧起莫名的悵然，小聲地問：「你是怕帶我去會連累你嗎？」

宇文邕輕輕扳起我的下巴，大手撫摸著我的臉頰，像在哄小孩子般地說：「清鎖，你知道我不是這個意思。」

他如許貼近看著我，雙目灼灼，瞳仁裡的熱度那麼清晰，我心中一顫，急忙錯開目光。我這是怎麼了，是在跟他撒嬌嗎？這樣依依惜別的場面，多像一對不捨的愛侶。我跟他之間，究竟是從什麼時候起，走到了這種剪不斷理還亂的境地？

我咬了咬嘴唇，後退一步說：「好了，時辰不早了，你快走吧。」

宇文邕轉身走出兩步，接過楚總管手中牽著的白色駿馬，翻身躍上，墨色瀏海在風裡飄揚，身影似比平時多了幾分柔美。

白色駿馬揚起前蹄正欲發足狂奔，宇文邕卻忽然狠拽一下韁繩讓牠停在原地。他深深看了我一眼，朝我伸出手來，「這個還你。」

我抬起頭，只見他手裡正握著蘭陵王送我的蘭花帕，上面還沾著他的血跡。我下意識地接過來，怔怔地攥在手裡。

宇文邕居高臨下看著我，聲音裡透出深沉的篤定和一抹飄忽的惆悵，「清鎖，我給你時間去忘記。記住，再見面的時候，你心裡只可有我一個人。」說罷，他抽緊了韁繩，掉轉方向往另一條路行去，馬蹄奔騰，激起大片塵土。

夕陽西下，我望著宇文邕漸漸消失在視線盡頭的背影，手中攥緊了蘭花帕，只覺自己的心緒就像風中乾枯的柳條，搖搖晃晃地被風吹亂成一團。

3

天色漸漸暗下來，我坐在馬車裡呆望著窗外，蘭花帕已被我收入袖袋，不想看見也不敢去想。有時候剖析自己的感情真是件很殘忍的事情，不得不去把那些凌亂的過往從記憶深處抽出來，曾經的苦和甜，如今也都成了惆悵。

比如蘭陵王，他曾經那樣將我抱在懷裡，我還依稀記得他身上獨有的淡淡芳香。可是他也給過我傷害，他總是讓我空等，將我傾注在他身上的眞心辜負。

而宇文邕，他……他對我好得讓我心疼。

夜晚的空氣涼薄清澈，我側過頭，深吸一口氣，希望自己的心情也能夠像浮塵一樣緩緩落回原位，不再逼迫自己去剖析最隱祕的內心……或許愛或不愛，原本就不那麼黑白分明，中間也有許多或深或淺的灰色地帶。

羊腸小路，山林靜寂，此時忽然傳出一聲鳥類淒厲的悲鳴，像是受了很大的痛楚。我一愣，抬頭看見一隻黑色大鵰正從半空中墜落下來，身上還插著一枝箭。我突地心生不忍，揭起門簾吩咐了一聲：「停車。」

楚總管頗詫異地看我，勸道：「時候不早了，爲了小姐的安全，屬下想在天黑之前趕到南邊的小春城，以免行夜路不安全。可是派出的探子回報，小春城城主有令，會在酉時封城……」

我明白他的意思，他一是怕趕不及，另外也怕我亂跑會有危險。可我還是飛快跳下馬車，說：「我很快回來。」說完就往大鵰墜落的方向跑去。

楚總管稍愣了一下，旋緊跟了上來。

茫茫四野，天色又暗，很難看清掉落在草地裡的東西。好在那隻鵰不時發出陣陣求助的叫聲，像是知道有人在尋找牠一樣。

這時，半空又傳來幾聲雀鳥尖厲的哀鳴，遠處又有幾枝羽箭嗖嗖地飛到半空，將迎面飛來的幾隻喜鵲釘到了地上。我一驚，甫才察覺到這個區域的天空中幾乎沒有任何飛鳥，究竟是什麼人要將牠們趕盡殺絕呢？

楚總管上前一步，護在我身邊，帶著警戒打量周圍。這時，腳下被石頭絆了一下，我險些跌倒，晃了晃還是站穩了，低頭卻見草叢裡散落著許多鳥類的屍體，鳥身上還插著箭。

我壯著膽子拾起一枝箭給楚總管，「從這枝箭，能看出射殺這些鳥的人是甚來歷嗎？」

楚總管把那枝箭拿在手裡細細查看一番，回道：「看樣子不是官兵用箭，也不屬於追殺過我們的殺手。這箭手工粗糙質樸，應當是附近的獵戶用的。」

獵戶嗎？我心中狐疑，就算這裡的獵戶特別喜歡吃鳥肉，也不至於趕盡殺絕吧。這時又聽到那隻大鵰求救的哀鳴，應該就在附近了。

我循聲走向乾枯的草叢深處，果然看見一隻黑色大鵰半張著翅膀，背上插著一枝箭，殷紅的血染紅了大片羽毛。看見我，牠眼裡流露出一種求救的光芒，就好像認識我一樣。

我急忙上前扶起牠，一時不敢將箭拔出來，只小心翼翼地把箭身齊著傷口折斷，並從衣服撕下幾縷布條幫牠止住血。大鵰看著我，烏溜溜的眼睛就像會說話，我心中不忍，試圖抱起牠回馬車去上藥，可牠比我想像中重得多，我差點栽倒下去。好在楚總管手疾眼快地從我手裡接過牠，我才沒有連人帶鵰摔在地上。

借著微弱天光，我才看清牠真是一隻名副其實的「大鵰」，翅膀完全展開的話應會有我兩隻手臂那麼長。爪子上沾了血跡，卻仍緊攥著某樣東西，隱約閃爍著金光。我有些好奇，試探著想要接過來看看，那隻大鵰歪頭看我，眼裡透出信任，將爪子在我手心上鬆開。

竟是一只男子束髮用的金冠，稍嫌眼熟，似乎在哪裡見過。仔細一看，金冠底下還纏著一塊布條，上頭用血字寫著「塵困於小春城」。

由於這六個字沒有標點符號，我端詳了半天才猜出了其中訊息，望了一眼四野中被射殺的無數飛鳥，想必是有人故意派獵戶射殺掉所有從小春城出來的飛鳥。我看一眼那頂奢華的金冠，再看向黑鵰，心中冒出模糊的想法，試探著說：「香無塵？」

大鵰漆黑的眼珠中露出悲戚之色，幾乎要落下淚來。我腦中浮現出香無塵那張嫵媚妖豔的俊臉，許多往事浮上心頭。當我在皇宮被水鬼纏住，當我在地牢裡絕望地等待蘭陵王……是他一次又一次救了我。緊接著我又想到桃花，那個倔強又癡情的女子，我也曾答應過她，要替她好好守護香無塵。

正思忖間，遠處忽然傳來陌生而略帶粗獷的男聲，「喂，你們是什麼人？」

楚總管把大鵰放到我懷裡，側身擋在我身前，右手按在刀柄上。昏暗天光下，一個身形健壯的男人漸漸走近，我見他只有一個人，衣著打扮像是尋常的獵戶，便回答道：「我們只是路過。你可是附近的獵戶嗎？」

那人皮膚黝黑，背後揹著一簍箭。見我是個女人，他微微愣了一下，點了點頭，隨即望向我懷裡的大鵰，憨聲道：「這鵰是我射下來的，把牠還我。」說著就要伸手來拿。

楚總管以爲對方要動手，正待出招退敵。我按了按他的手臂，示意他不要這麼激烈，然後說：「這鵰怎麼賣，我們買了。」

那個獵戶想都沒想就搖搖頭，「不賣！」

我撫摸著懷中黑鵰的羽毛，想了想又說：「這位大哥，大周朝廷有令，秋季封山育林，八月期間是不可以打獵的，你難道不知道嗎？」

那獵戶一愣，我又指了指楚總管腰間的令牌，「我們是司空府的人，奉命來巡山的。」其實這道法令是我瞎編的，但我知道中國古代的確有相當周密的保育法規，稱得上是古中國的一大特色，使之延續至今，其他三大文明古國的沒落很大程度上便是因爲資源匱竭。但是中國各個朝代的法律文化和人們的信仰觀念不盡相同，氣候也有變化，所以封山育林這項措施會有變化，此時我也就是隨口一說而已。

獵戶面露惶恐，片刻後口氣又硬起來，「朝廷啥時下的令，我怎麼不知道?再說這山是小春城的領地，我們自然是聽城主的，你們司空府也管不著!」

楚總管微怒，正待要說什麼。我輕輕按住楚總管，略一思索，說：「你的意思是，射殺這些飛鳥是小春城城主的意思嗎?」

那獵戶猶豫一陣，頗有些不耐煩，「你們管不著！」說著再度伸手來奪我懷裡的黑鷳。

楚總管忍不住要拔出劍來，我又按住他，搶先從袖袋裡掏出一錠銀子舉到那獵戶眼前，說：「你把鷳給我，我問你什麼你就回答什麼，這樣的話，違反法令的事我不再追究，也不會虧待你。」

那獵戶眼睛看看銀子，又看看我，似顯猶豫。我把銀子塞進他手裡，指了指遍地被射殺的飛鳥，不耐地說：「這到底是怎麼回事？你今天不說清楚也別想走。」

他怔了怔，不情願地答道：「這是小春城城主派人下的令，讓附近的獵戶看見鳥就射殺，不許任何飛鳥進出小春城。另外還吩咐我們活捉這種黑鷳，可以去城裡另外領賞錢的。」

將這片區域中的所有飛鳥趕盡殺絕，難道是想把香無塵被困在此地的消息封鎖住嗎？我頓了頓，再問：「小春城城主是個什麼樣的人？是男是女，多大年紀？」

獵戶搖了搖頭，回答：「我真的不知道。我們普通老百姓，城主哪是說見就見的。而且，城主一向不喜張揚，聽說就連城主府裡的下人也很少見過城主的真面目。」

天色又暗下幾分，我本來有更多話想問，轉念一想，還是抓緊時間要緊，如果過了酉時就不能進小春城了。這小春城裡裡外外透著蹊蹺，不知此間跟香無塵到底存有何關係？

我當下又掏出一錠銀子放到獵戶手裡，說：「這隻鷳我帶走了，今天你就當沒見過牠，也沒見過我。不然讓小春城的人知道了，你也沒好果子吃。」

4

尚未入夜就已靜得嚇人，四野昏暗。

楚總管帶著我一路狂奔，才在酉時之前趕抵小春城。哪知城裡卻是燈火通明，街上還來往著行人，一派繁華安逸的景象，尤其暖意融融，當眞不枉它的名字「小春城」。

一路上，楚總管也給我講了一些小春城的情況，像是小春城城主複姓諸葛，據說是三國時諸葛孔明的後人，這一族人都很聰明，挑了一處三面環山且有溫泉水環繞的寶地安營紮寨，並設法讓周主將這裡劃爲異姓王的封地。所以如今的情況是，雖然小春城在地理上處於大周版圖內，可是除了每年交糧納稅之外，行政上基本不歸周朝政府管轄。用現代的話來講，就是個高度自治的區域。

正思忖間，馬車已在一家金碧輝煌的客棧前停了下來。楚總管扶我下車，我略有猶豫，小聲說：「夜晚避大戶就小家——我們住進全城最好的客棧，是不是有點太張揚了？」

楚總管一邊扶我走進客棧，一邊小聲回答：「這是司空大人的命令，他說一旦進了小春城，就要住進最奢華的客棧。畢竟這城裡我們什麼都不瞭解，暗箭難防，處於眾人睽睽目光下反較安全。這樣的排場，倘若遇到什麼事，還可以拿出司空府的名號來震懾一下旁人。」

我一聽，果然宇文邕考慮得比我周密，這個說法亦頗有道理。此時楚總管已走到掌櫃跟前，拿著四個房牌問我：「小姐，東西南北四間上房，你要哪間？」

我正待隨便選一個，這時背後的布袋忽然動了一下。我怕那隻黑色大鵰引人注目，才把牠裝進書袋裡揹在背後的。嗯……朱雀、南方，依稀記得香無塵曾提說過，他乃天無四尊之一，鎮守朱雀方位。我這樣想著，隨手就選了朝南那間房。

小春城果然富庶，這家客棧氣派非凡，與京城相比毫不遜色，房間很大，連廊處的雕花紅木門旁還擺著兩排新開的盆花。

我關上房門，忙將黑鵰從布袋裡拿出來放在桌上，此刻牠比方才又虛弱了幾分。那截斷箭還在牠身體裡，取出來怕對牠會造成危險，不取出來卻又不是辦法。我略生著急，忙跟楚總管問說：「附近能找到信得過的獸醫嗎？」

楚總管面露難色，「剛才那個獵戶也說了，小春城城主懸賞追捕這種鵰，要是請了大夫，怕是更不安全。」

我輕輕撫摸著牠額頭的絨毛，不由心酸。黑鵰低聲嗚叫一聲，像是聽懂了我的話。

楚總管見此情景，似也有些不忍，歎了一聲說：「小姐早點歇息，明日一早我們就趕回司空府，到時屬下會找府裡最好的獸醫給牠療傷的。」

我點了點頭，開門送楚總管出去，順便吩咐客棧的下人送一盆洗澡水過來。

房間裡沒點蠟燭，窗戶開著，室內一片霜白。月色輕舞，在纖細柳梢頭婆娑搖曳。我撥弄著浮在水面的花瓣，長長吁了一口氣。這兩天發生太多始料未及的事情，讓我不得不時時刻刻像根繃緊之弦，包括處處透著詭異的小春城、來歷不明的殺手，以及剛剛萌芽的愛情……腦海中忽然浮現宇文邕英俊的側臉，他現在人在哪裡，會不會也正想起我呢？

這時，昏暗的房間內飛快閃過一道黑影，我一驚，還未來得及尖叫，嘴已經被人自後捂住。那人凌亂的髮絲觸在我臉頰，隱隱透著一股熟悉的馨香，他的聲音低低地響在我耳邊，「元清鎖，你是來找我的嗎？」

我一怔，微微側過頭去，那人的側臉蒼白而嫵媚，沒有束髮，幾綹瀏海散落額前。月光將他拓成一道纖細之影，即使鬢髮凌亂也依舊風情萬種。我下意識地拂開他的手，驚道：「香無塵？」

他離我很近，目光落在我臉上，逐寸下移，忽然微微怔忡。

我猛地緩過神來，整個人往水裡一縮，又羞又怒道：「你先把頭轉過去！」還好水上漂滿了花瓣，除了脖頸和肩膀，其實他也看不到什麼。

香無塵直起身，眨了眨嫵媚上挑的杏眼，居然乖乖依言轉了過去，蒼白俊秀的臉上隱約閃過了一絲局促。我用毛巾胡亂擦擦，披好衣衫，將自己裹得像個粽子，回頭卻見香無塵正背對著我站在案前，俯身看向那隻奄奄一息熟睡了的黑鵰。

我走近幾步，只見那黑鵰緩緩睜開眼睛，牠猛地看見香無塵，烏溜溜的眼睛裡似是百感交集，撲扇著翅膀想要站起來，無奈身上有傷，終是跌了回去，發出唧唧的哀鳴聲。

香無塵伸手撫摸牠的羽毛，像是聽懂了牠的意思，輕聲地說：「我知道了，黑翎。」他此刻聲音不同於以往的戲謔輕佻，倒有幾分虛弱和淒清。

細看之下，我發現香無塵身上的衣衫有些破敗，不同於往日的雅致奢華，肩膀處似乎還有傷，暈著一大片血跡。

就在這時，樓下突然傳來喧囂人聲，火把光亮染紅了霜白月光，將暗夜照得燈火通明。隱約聽見樓下有人硬聲硬氣地說：「我們奉城主之命搜查逃犯，快點開門！」

我一怔，飛快看一眼香無塵，悄聲道：「他們不會是在說你吧？」

香無塵回望我，眸子裡有種少見的無奈，抱起黑翎就要躍出窗外。我一把拉住他的衣角，小聲說：「有大群官兵在樓下，那麼多雙眼睛看著呢，你往哪裡去？」

他還未來得及回答，門外已傳來「砰砰」敲門聲。

我心中一跳，瞥了瞥漂滿花瓣的大木桶，這屋子裡似乎也只有這麼一個能藏人的地方。於是我一挑眉毛，心裡有了妙計。

5

小春城的官兵很快搜查到我的房間，劈里啪啦一頓砸門，我也不應。

當他們終於忍無可忍地踹門闖進來的時候，我方才揭起床榻上的帷幔，揉了揉惺忪睡眼，微帶惱怒地說：「你們是什麼人？半夜三更私闖客房！」

爲首那個官兵擺出一副奉天承運之狀，把一紙公文在我眼前晾了晾，「城主有令，緝拿逃犯，所有人都要配合！」說著手一揮，「給我搜！」

我霍地一下站起身，將床榻兩側帷幔一把揚起，冷冷道：「現在一目瞭然，我房內哪裡有能藏人的地方！我是大周皇室女眷，豈容你們在我房內造次？」

眾人一愣，走進房裡的幾個官兵也都頓住了腳步。爲首的那位正待要說些什麼，這時楚總管衝破人群擠進來，將司空府的令牌遞到他眼前，道：「這位是司空大人明媒正娶的妻子，也是宰相大人的姪女。各位同僚就算行個方便，日後我們司空府也會記得這樁人情。」

那人想了想，仍是搖搖頭說：「城主要緝拿的人是重犯，倘有什麼差池，咱們也擔待不起。」說著手一揮，還是要讓人往裡衝。

我扶著肩膀上的鏤花披肩，走上前幾步，怒道：「既然是重犯，又怎會跑到我房裡來？你們小春城是甚意思，是說我們司空府有意窩藏逃犯嗎？是不是這些年閒散慣了，就不把大周朝廷放在眼裡了？」

眾官兵又是一怔，我趨前一步走到房間中央，「你們偏要進來搜是嗎？也行。但若是搜不到，這責任誰來扛？」說著故作冷厲地環視一周，四下無人敢迎視我的目光。

我「啪」的一下踢翻了方才洗澡用的木桶，隨著大木桶摔在地上的巨大聲響，漂著花瓣的水流嘩啦啦湧向門口，圍在那裡的官兵立時後退數步。

我冷聲喝道：「看清楚了麼，我這房裡可還有其他能藏人的地方？」

楚總管看我動了氣，也板起臉道：「如果各位非要把事情鬧大，在下也只好回去稟報司空大人，讓你們城主親自跟他交代了。」

我一聽這話，底氣又足了幾分，畢竟從官階上來說，司空府的地位絕對是要比小春城城主高的。小春城就算是個再怎樣高度自治的直轄市，也得適當表現出一點對中央的尊敬吧。

於是我轉身氣呼呼地走回床榻，一把拉攏了兩側厚厚的白色帷幔，平躺在床上靜靜直視前方。

此時香無塵正懸在我上空，像隻壁虎一樣卡在牆上，凌亂的髮絲垂落下來，從這角度看去有種特殊的柔弱美感。他一手抱著那隻黑鷳，一手撐著床沿，因爲身上有傷，這個動作看起來十分吃力。我與他四目相對，露出一抹鼓勵性的笑容，心想好在這是上房，床榻兩側有層層帷幔擋著，不然還眞不知該讓他往哪兒藏。

就這樣僵持了半晌，終於聽到門口那人說：「對不住，得罪了。」踢踢躂躂的腳步聲中，一大群人就這樣離開了。

接著傳來楚總管的聲音：「小姐，明日還要趕路，請早點歇息吧，屬下會派人在門口守著，不會再讓旁人來騷擾你的。」

我「嗯」了一聲，說：「多謝。另外，麻煩你明日一早來我房裡，有些東西需要楚總管幫忙準備。」

楚總管頓了一下，隨即答應，關好房門後默默退了出去。

我回轉目光直視上方，只見香無塵目光有些渙散，似是再也支撐不住，手一鬆，連人帶鷳從床榻的上方摔了下來。我急忙側身，他就掉落在我旁邊，曾經嫵媚的容顏此時蒼白而憔悴，像一隻折斷翅膀的蝴蝶。黑鷳安靜地伏在他身上，滴溜溜的眼珠流露出悲戚神色。

我忽感不忍，心想今晚我就把床鋪讓給這個身受重傷的人吧。

於是我撐著胳膊坐起身，一邊爲他蓋好被子，說：「你今晚好好歇歇，明早我想辦法送你出城。」隨即披上外衣，正要翻身下床。

香無塵卻一把拉住我的手腕，聲音虛弱而低沉，「能不能……不要走？」

我一怔，詫異地看向他的臉。此時他閉著眼，霜白月光下纖長睫毛襯出幾分嬌弱，在玉樣面容投下一縷陰影，他夢囈地說：「我已經很久、很久沒有睡個好覺了……」

或許他真的累了，此刻還握著我的手腕，呼吸聲卻漸趨均勻。這樣的姿勢讓他就像個缺乏安全感的孩子，緊緊攥著身邊的對象，哪怕只是個布娃娃，也能給他幾許溫暖。

我輕輕歎了口氣，一時任他握著我的手腕，斜倚著坐在床邊，漸也萌生了幾分睡意。

6

晨曦初露，床榻上擺放著大紅喜服，果眞予人些許喜慶之感。

香無塵的臉色好多了，上挑的眼梢又流露出嫵媚光亮的神采。此刻他端坐在妝臺前，左右照照，頗歡快地說：「沒想到這衣裳還挺合身，把鳳冠拿過來給我試試！」

我張大嘴巴看著他，心想我長這麼大眞沒見過穿上新娘喜服會這麼高興的男人。爲他繫好扣子，我用力扯了一下衣襟，嗔道：「喂，看樣子你很興奮哩，使喚我也使喚得很順手！」

香無塵自顧自地理順了額前的瀏海，鏡中的他穿著大紅喜服，如玉臉龐流光溢彩，雌雄莫辨。他揚了揚唇角說：「你絞盡腦汁想出這個出城的方法，又肯犧牲名節與我成親，我也索性不跟你客氣了。」

這番話他說得理直氣壯，好像我眞要與他成親一樣。我被噎住片刻，半晌才拿起鳳冠朝他擲去，語帶羞怒道：「什麼叫我犧牲了名節？不過喬裝一下新郎官而已，要不是楚總管昨日在小春城官兵面前露了臉，我就讓他來了！」

香無塵斜睨我一眼，自顧自戴上鳳冠，撥弄著兩側垂墜下來的明珠流蘇，並不接我的話茬，又說：「雖然你這計策想得不錯，可是小春城城主也並非那麼好矇騙的人。你就不怕他們硬是揭了我的蓋頭，再治你個窩藏逃犯的罪，把你跟我一塊關進大牢嗎？」

我這廂正給自己套上新郎喜服，寬袖束腰，穿起來竟十分好看。帽子正中還鑲著一塊方形翡翠，更映得我肌膚白皙，倒眞像個翩翩少年郎。

我整了整衣領，盯著鏡子，頭也不回地說：「誰讓我欠你人情呢，就算事敗被株連，那也是沒有辦法的事情。暫且走一步算一步吧！」心中忽又想起了桃花，以及那些屬於她和香無塵的，旁人無法介入的愛恨。

我曾經答應過桃花，要幫她好好照顧這個男人。倘若她還在世，也想不到身爲天無四尊之一，風流嫵媚的無塵公子會有今朝落魄這一日吧。命運眞是很神奇的東西，世易時移，滄海桑田……物是人非。

我不由得湧起唏噓之感，在鏡中深深地看了香無塵一眼。他此刻也回望著我，上挑俊雅的眼梢，彷彿透過我的眼睛窺見了我心中所想。

彼此相顧無語，片刻之後，他方才露出個若無其事的笑顏，上下打量我一番後說：「你倒挺適合穿男裝，好一副翩翩俏公子的模樣呢。」旋起身走過來，幫我把紅綢帶綁著的大紅花繫在身上，「時辰差不多了，我們走吧，相公。」他笑著給自己蒙好了紅蓋頭，小鳥依人地挽住我的手臂。

我無奈之餘，只好學著他的語調開玩笑，用指尖一點他的額頭，「娘子，以後若讓我發現你紅杏出牆，看為夫不休了你！」

楚總管辦事周全，婚慶事宜也做了全套。八人抬的大紅喜轎，一路上吹吹打打，就這樣走到了城門口。

守城官兵個個身穿深紅官服，腰繫黑色佩帶，看起來十分整齊。我坐在高頭大馬上，遠遠看見有個十幾歲的少年混在其中，一襲煙綠錦衣，銀冠閃耀，一副沒長大的樣子，倒有張白皙玉琢一樣的俊臉，真真是粉面少年，面若桃花。我不禁心想，都說小春城軍規森嚴，可

仍不一樣有官宦子弟混跡其中，不但年齡小，身材不達標準，還不穿官服，果然特權這回事在哪裡都是一樣的。

這時，官兵們正朝我們圍過來。我急忙跳下馬，將僞造的戶籍等物呈上，逐個往對方手裡塞紅包說：「今日是小弟大喜之日，還請各位官大哥行個方便，誤了吉時就不好了。」

有錢能使鬼推磨，爲首的官兵細看過我遞上的文件，多虧僞造得好的緣故，他大手一揮就要放行。我喜孜孜地剛想回到馬上，卻聽背後傳來一個清脆卻顯柔弱的聲音：「慢著！把轎簾揭開才可以走！」

我心裡咯噔一下，但也只能陪笑著回過頭說：「這位官大爺說笑呢，新娘喜轎可不能隨便揭的。」這才發覺說話的人正是那個乳臭未乾的綠衣少年，一張粉臉冷若冰霜。

我心想這少年衣著華貴，不知是何來歷，拖得越久就越添麻煩，當即上前一步，「小公子你年紀尚小，所以不明白，新娘子的臉只能給我一個人看，紅蓋頭也只能在新房裡揭的。」走近才發現這少年長得眞不錯，雖不如蘭陵王美貌無雙，也不如香無塵嫵媚妖嬈，卻似一棵未長成的小玉樹，清俊孱弱，既有一種少女的柔弱，又有一種惹人疼愛的乖巧。

那少年抬眼淡淡掃過我的臉，聲音不大，只用命令語氣重複道：「把轎簾揭開！」

我心想不能再這樣糾纏下去了，當即欺負他年紀小，學登徒子樣拈起他的下巴說：「小公子為什麼非要看我娘子的容貌呢？難道是自恃如花美貌，想要跟我娘子一較高下嗎？」我斜睨他一眼，盡量露出個風流不羈的笑容，貼近他耳畔悄聲說：「其實我也不排斥男人的，但要等你長大了才行哦。」

聽聞南北朝好男色，沒想到自己有一天會在這裡說出這款話。其實我只想激怒他而已，說完也在心裡鄙視了自己一下，還眞是下流啊，這種話都說得出口。

粉面少年微微怔住，白皙臉頰上浮現一抹紅暈，漸漸擴散到整張臉，緋紅如暮色雲霞。他後退一步甩開我的手，怒得半晌說不出話來，抽出佩劍朝我一揮，吼道：「來人！把這個混帳趕出去，再不許他踏進小春城半步！」

我只覺一陣勁風迎面襲來，他的劍並未碰觸我分毫，我胸前懸掛著的大紅花卻搖晃了數下，「啪」的一聲掉落在地。接著是新郎喜帽上的那塊翠玉，以及額前的一綹瀏海，青絲、翠玉紛紛落地，就像是瞬間被劍氣斬斷了一樣。

我心中猛吃一驚，當下再顧不得別的，轉身跳回馬背，揚鞭策馬飛奔出城，心想我等的就是你這句話。什麼小春城，以後就是用八抬大轎請我來，我也不會再來啦。

一路上馬不停蹄地趕路，小春城的暖風漸漸離我們遠去。

望著兩側頹敗的風景，我忽然想起那樣的詩句：「惜花人何處？落紅春又殘。倚遍危樓十二闌。」

世界上有許多事情總是沒道理可講，過去從不曾想過我會這樣救了香無塵，也沒想過來日我會因爲救他而失去些什麼。

就像相遇的時候總是想不到，明明是無關緊要的一次見面，卻會成就他日的一段孽緣。

第六章　畫眉深淺入時無

我心中一驚，沉默半晌後搖了搖頭，難以置信地說：「香無塵，你不需要編這款謊話來騙我的。」

香無塵的眼眸在夜色下閃耀如星光，微瞇了一下，「我沒有必要騙你。你見過傀儡咒，就不相信有鎖心咒嗎？」

1

一路兼程趕路，轉眼夜深。

楚總管將我們這一隊馬車停在路邊，拆下醒目的紅色裝飾。我也換下了新郎官的喜服，隔著簾子接過香無塵的鳳冠霞帔。天氣很冷，我一邊往手心呵氣，一邊命人挖坑把這些東西埋好，以免小春城城主殺個回馬槍，順藤摸瓜抓到我們。

「等等。」香無塵揭開轎簾走出來，此時他已換上尋常布衣，卻依然流溢出嫵媚神采。他接過我手裡的兩套喜服，仔細疊摺成一個包裹，說：「這些讓我來處理吧。」

我不假思索應了一聲，又頓了頓道：「你現在要往哪兒，我派人送你過去。」

此時此刻，我乍地想起了宇文邕，他定然希望我早日回司空府等他的吧。不知道他現在在哪裡，一切可都還順利……

正走神間，側頭卻見香無塵不知何時走到了我身邊。他上挑水靈眼眸直盯著我看，像是認眞思索什麼，半晌才用不容置疑的口吻說：「你親自送我吧，我這兒有件東西要給你。」

我立時接口道：「哦！什麼東西呀，很重要嗎？」

香無塵揚了揚唇角，頗有深意地睇我一眼，「到時候你就曉得啦。」

我被他激發出了好奇心，正有些猶豫。這時楚總管走上前來勸道：「清鎖小姐，我們都在回程的路上耽擱了兩日，再不回去，司空大人怕是要擔心哪。」

我心想，楚總管肯聽我命令做這些出格的事已是相當難得，現下也沒必要再讓他為難。我剛想開口回絕香無塵，卻聽得他又道：「清鎖，你送我去一個地方，到了之後我把東西交給你，隨後立即派人送你回司空府，來回用不了三天時間。」他頓了頓，一副明顯利誘之狀，「聊作額外饋贈，一路上我還可以告訴你一些你想知道的事……比如，關於蕭洛雲。」

我心中微微一震，這個名字很久未被提起了，似已隨著蘭陵王給我的傷害埋藏在記憶深處，可是原來，事隔多日，想起那些如霧氣般的過去，我仍會心酸。此時，那蘭花帕就放在我懷裡。蘭陵王，他為何會出現在司空府？又為何還會對我這無足輕重的人露出溫柔眼神？

太多太多的謎題，我知道自己若不弄個明白，便無法真正地放下他。

「但是，那個地方不許給旁人知道，只有你可以去。」窺看出了我內心的鬆動，香無塵又乘勝追擊，一副事不關己模樣，「說起來，你答應過桃花什麼，該未忘記吧？我的傷還沒好呢，救人救到底，我這也是為你好。」

好個無賴！我狠瞥他一眼。話既說到這分上，那麼現在，於情於理我都必須跟他走一趟。

「楚總管，你先帶人回司空府等我。我向你保證，三日後我會平安無事地出現在你面前。」我歎了口氣，歉然望向楚總管。

「可是……屬下不知該如何跟司空大人交代……」

楚總管略略著慌，其實我非常能夠理解他此時的心情。宇文邕若知道我爲了香無塵這樣的男人在外面閒晃，肯定火冒三丈。

我又歎口氣，說：「放心吧，日後我會親自跟司空大人好好解釋的。」

楚總管看看我，又看看香無塵，眼神裡滿是後悔和不情願。他心裡八成在想，早知如此的話，當初就不幫我救下香無塵。

半晌，楚總管垂下頭，「好，清鎖小姐要親自護送香公子也行，但請允許屬下陪你一塊去。」他頓了頓又說：「將近目的地時，我和我的人會主動退下，不會窺探香公子住處。」

我感激地點頭相應，然後探詢地望了一眼香無塵。只見他無所謂地撇撇唇角，說：「也好。如果只有我跟她上路的話，還眞是不太安全。」

我附和道：「是啊，我不會武功，你又受了傷，到時候碰到壞人就只有逃跑的分了。」

香無塵一怔，隨即露出好笑神情，壓低了聲音說話，「嗯，你這般解釋倒也不差。」

我被他這款狐狸表情弄得抓狂，馬上反問道：「不然應該怎樣解釋？」

「孤男寡女，乾柴烈火，你自己想去吧！」香無塵在我耳邊壞笑著說，然後飛快抬手敲了敲我的頭，轉身飄回轎子上。

片刻之後我才反應過來是怎麼回事，恨得牙都癢癢了，可是看著眼前一頭霧水的楚總管和其他手下，也只好若無其事地笑說：「大家早點歇息吧，明日還要趕路呢。」

郊外荒涼，一輪明月孤懸於枯枝之上，寒意料峭。

明明是一樣的月、一樣的夜，每次經歷起來卻都有不同感受。仔細想想，其實自己也是個挺冷血的人，若換做別的女子背井離鄉，中間隔著千百年時光，鐵定會經常想家的。可是我呢，只有那麼幾次，忽然在孤影相伴的深夜淚如雨下。

記得在現代的時候總偏愛悲傷曲調，某首老歌中有這樣一句歌詞：「夜已深，還有什麼人，讓你這樣醒著數傷痕。」

可是，那眞的是傷痕嗎？其實，他也未必眞的傷了我，一切不過是我一廂情願罷了。

夜風微涼，我倚著一棵枯樹，舉頭仰望高原穹空雲淡月明，突如其來地有些想家了。如果我沒有穿越到這裡，沒有經歷這一切，於我、於他們會不會都好一點？

「清鎖，你是在等我嗎？」這時，身側響起香無塵輕柔的嗓音。

我沒有回頭，「是啊，我就是在等你呢。」

香無塵微微一怔，走到我旁側倚著另一棵樹，「你是想問我蕭洛雲的事吧。」他頓了頓，「又或者，是關於蘭陵王。」

我沉默片刻，低聲說：「是呢。你究竟知道些什麼……你能將我想知道的事情都告訴我嗎？你能告訴我，我在他心裡究竟是怎樣的一個存在嗎？」

我的聲音越來越低，再抬起頭看他時，眼底似蒙了一層薄霧。其實並非到此刻還對蘭陵王心存幻想，只是因爲曾經愛而不得，想起他時終究會有一種淡淡的心痛。

「清鎖，你這樣古靈精怪的聰明人，也會問這種傻問題嗎？」香無塵深深看我一眼，隨即輕歎一聲道：「其實也對，能醫不自醫，世間之事本是如此。我坦白告訴你吧，蘭陵王……他是注定不會愛上你的。不是不想，而是不能！」

我一愣，霎時間無法理解他這話的含義，探詢地看向他。

香無塵的臉龐在月色下如玉生輝，表情卻是罕有的認眞，把話繼續說下去，「高長恭的母親來歷非凡，與蕭洛雲的母親乃是至交知己，這些前塵舊事不是三言兩語就能講清楚說明白。總之他從出生起就被下了鎖心咒，今生今世他只能愛一個女人，她就是蕭洛雲。」

我心中一驚，沉默半晌後搖了搖頭，難以置信地說：「香無塵，你不需要編這款謊話來騙我的。」

香無塵的眼眸在夜色下閃耀如星光，微瞇了一下，「我沒有必要騙你。你見過傀儡咒，就不相信有鎖心咒嗎？」

我又搖了搖頭，「他僅僅是不愛我而已，你何苦為他找這樣的藉口？」

香無塵不置可否，自顧自言道：「那日我把你救下之後，蘭陵王曾經來過的，他救了蕭洛雲，緊接著就來找你了。那時地牢已是一片火海，無人確定你是否還活著。其實當時我就抱著昏迷的你站在不遠處的山坡上，清楚瞧見當時蘭陵王看著前方的目光哀傷至極。」

我怔怔地回視香無塵，幾乎可以想像出當時蘭陵王隻身站在那裡臨風欲折的情狀，可是……那又怎麼樣呢？不管他是不是真的中了鎖心咒，他不愛我，這件事是毋庸置疑的。我本來只是放不下、只是想知道更多有關他的事，哪怕更傷更絕也無所謂，卻沒想到香無塵會告訴我這些，讓我被風吹得乾涸的眼眶頓然變得酸楚。

香無塵側頭望著枯枝上殘存的幾片黃葉，「你說曾在司空府見過蘭陵王，我猜大概是元氏侍妾還活著的消息傳到了齊國，他不確定才親自去看你。」他眼梢一挑，說不清是戲謔還是無奈，「他見到你好好地活著，懸著的心放下後，便安然離去找他的蕭洛雲了。」

夜風輕拂髮絲，諸多歷歷在目的過往浮上心頭……記得那時我衣領中掉進了蟲子，迎接我的是他暖如春風的懷抱……我曾經那樣不顧矜持地抱著他，含情傾訴：「就這樣，一生一世

相伴，好不好？」猶清晰記得那時候我的聲音，悠遠如月光，軟弱得彷彿不是自己。他卻回答我說：「別這樣……你會後悔的。」

我爲甚這麼傻，爲甚沒有聽他的話呢？我爲何要那麼篤定地說我不會，爲何固執地要去愛那個美得絕塵的男子，卻忘了我自己，其實只是個凡夫俗子。

「今夕何夕兮，搴中洲流。今日何日兮，得與王子同舟……山有木兮木有枝，心悅君兮君不知。」

其實他知道的，他一直都知道！可是當我愛上他的時候，又怎地知道，那個男子傾城絕代、俊美無雙，卻有一顆永不會愛上任何人的心。

「鎖心咒……有法子可解嗎？」我輕聲啓問，掏出懷裡的蘭花帕，眞絲在手裡泛起涼意，皓白如雪。

香無塵搖搖頭，風吹亂了他的髮絲，有一綹拂過臉頰。他說：「鎖心咒無法可解，除非他死，或者蕭洛雲死。」

我的手微微發顫，隨即緩緩張開，那蘭花帕就像蝴蝶一樣被風吹起，隨即消失在無邊夜色裡，「既然是這樣，那麼我祝他們此生幸福。」

沉寂月色下，我眼看那抹白影一點一點遠去，最終消失在我視線裡。如果說他們的相愛是一種宿命，那我又何苦要遍體鱗傷地去跟命運抗爭呢？

東方天邊旭日初露，破曉之光劃破夜色。

香無塵凝目看我，眸子裡恍似盛著星光般晶亮動人，又似有幾分含義未明的笑意，語氣依然淡淡，「你眞的可以放下？」

「我不知道。」我搖了搖頭，腦海中瞬間浮現宇文邕英俊深情的臉龐。或許我早該放下，只是還不甘心，不願拋卻那段感情，也不肯親口承認自己的心已在不知不覺間被打動……

「明天又是新的一天呢。」我轉頭望向旭光綻放的方向，抬起手臂舒張開來，深吸一口清晨涼澈的空氣。

棄我去者，昨日之日不可留。

2

行至一處山坡，可以望見不遠處整個城鎭的全景。中間幾座恢弘的殿宇，灰牆上閃耀著金黃琉璃瓦。我認得這地方，不由微愣了一下，扯扯香無塵的袖子問道：「你要帶我來的地方，就是皇宮？」

正午陽光下，香無塵的臉色微顯蒼白，點了點頭，「你忘記了嗎？天羅地宮的入口，就在泠玉池啊。」

我恍然回想起那日，我被水鬼纏住，掉入深不見底的泠玉池，幽暗詭異的森林，豔麗繁茂的彼岸花……至今想來仍然心有餘悸。倏地想起那日自後蒙住我雙眼的人，我立時追問道：「彼岸花前不見人，那天救我的人，果眞是你？」

香無塵點點頭，剛想說什麼，忽然間捂住胸口，眉間緊鎖，險些栽倒在地。我陡然一驚，急忙上前扶住他，慌亂地說：「香無塵，你怎麼啦？」

這幾日他面色好轉許多，我本以爲他的傷勢已無大礙，哪知現在……

香無塵扶著我的手臂坐下，勉力笑說：「我受了小春城城主致命一擊，若非這幾日與你在一起氣血順暢，恐怕早捱不住。不過你也不消擔心，回到天羅地宮，自會有人幫我療傷。」

這時，半空裡突然飛來一隻巨大白鵰，雙翅展開有兩米來長，陽光下皓羽熠熠生輝。白鵰瞧見香無塵，乖巧地鳴叫一聲後緩緩降落，將爪子裡握著的小瓷瓶放到香無塵的掌心。我見牠長得漂亮，忍不住伸手想摸一摸那如雪羽毛，誰知牠兇得很，轉頭狠嘶一聲，還差點啄傷我的手。

「白翎！」香無塵輕斥一聲阻止，然後拿起我的手輕輕按到牠身上。白鵰見主人這樣做，果然溫馴許多，對我的魔爪視而不見，任我摸來摸去。牠傲然望向前方，一雙黑眼珠滴溜溜地轉著，就像兩顆閃耀的貓眼石。

「黑翎很快就會回來了。」香無塵從小瓷瓶裡倒出一粒藥丸，輕輕含在嘴裡，也伸手撫向白鷴的羽毛，「我讓牠留在小春城幫我善後，尋具屍體冒充成我，故意使官兵發現。」

我聞言一怔，不由對香無塵刮目相看，不愧是傳說中的無塵公子啊，還眞老奸巨猾哩。

服下那粒藥丸後，他的面色好了許多，又歎了聲道：「可是小春城城主諸葛無雪也不是那麼好騙的人啊。」

白翎卻有些魂不守舍，從香無塵的肩膀飛落到地上，露出哀求眼神，鳴叫一聲。我不知牠想表達什麼，好奇地望向香無塵，隱約看見他唇邊露出一抹戲謔且包藏些許惆悵的笑容。他頓住片刻，揮了揮手道：「好了，你去吧，去接牠回來。」

白鷴如獲大赦，揮動翅膀騰空而起，感激地鳴叫一聲，在我們頭頂盤旋數圈才飛走，背後跟出一隊大雁，就像是牠的一隊隨從。我怔了怔，甫明白原來牠與黑翎乃是一對。轉頭只見香無塵正仰頭望著群鳥飛去的方向，眼底惆悵更甚，彷彿透著某種深深的寂寞，忽地悠悠念道：「雝雝鳴雁，旭日始旦。士如歸妻，迨冰未泮。」

這是我所熟悉的《詩經》句子，我心中略有觸動，忍不住接口道：「招招舟子，人涉卬否。人涉卬否，卬須我友。」

這首詩歌詠著一位姑娘對情人欣喜而焦躁的等候。前兩句的意思是：又聽到大雁鳴，天也剛晨曦初露，男子如果要娶妻，就要趁河未結冰的時候舉行婚禮。後兩句的意思是：船夫揮手向我頻招呼，別人渡河我不爭，別人渡河我不爭，我要靜靜等待我的戀人。

從沒有想過會在某一時刻，從香無塵這樣的男子口中聽到這樣的詩句。所有生命都是害怕孤獨的吧，惦念彼此，結伴雙飛，雁猶如此，人何以堪？其實他跟我也一樣！被愛，也曾經愛過；傷害別人，也曾被傷害過……我忽又想起桃花，縱使她從不是他的唯一，被取捨、被厭棄，卻到生命最後仍爲他著想。那麼在她死後，又可會成爲他心底的一粒朱砂痣？

而我自己呢？在注定不會愛上我的蘭陵王心裡，可曾有我的一席之地？心口微微一酸，不願再想起那個人、那些事，也是不欲再想。

午後陽光明媚，將萬物籠罩在一層薰暖之中。

這樣明麗的光影下，香無塵轉過頭來看我，蒼白俊麗的臉龐在日光直射下不見半絲瑕疵，眞眞是美人如玉。他緩緩揚起唇角，狹長鳳眼虛弱地微瞇起來，聲音飄忽得微不可聞，「原來守候一個人是這麼累的。如果可以，我眞想親口跟桃花說一聲『對不起』……」

就在這時，香無塵臉色乍變，陡然噴出一口鮮血，濺紅了大片衣衫。我一愣，旋急奔到他身邊說：「怎麼會這樣？你不是剛剛才服過藥嗎？」

香無塵的目光漸趨衰微，在雙眼閉闔之前綻出一絲冷厲，低聲道：「藥裡有毒……」說完他身子一軟，整個人栽倒在我懷裡，呼吸很微弱，蒼白臉上再無半分血色。

我慌了，輕輕搖晃著他喊道：「香無塵，香無塵！」

可他只是緊閉著眼睛，虛弱得彷若一朵就要凋零了的花。

暮色四合，車輪磨擦地面，發出轆轆聲響。我跟香無塵躲在木製大水車裡，隱約聽見外頭金屬磨擦之聲，此時應該正通過宮門的關卡。

因為平日裡都是由這個小廝負責送水車，又有銀子打點，守門士兵便未多加為難，沒揭開水車蓋子查看。香無塵還在昏迷中，不時沿著桶壁滑倒下去，我扶了他幾次，後來索性放個枕頭讓他直接平躺在地上。

我腦子茫然地轉著，現在應該怎麼辦？原本打算把香無塵送到泠玉池就算功德圓滿，可如今白翎送來的藥裡有毒，很可能是他身邊或者手下的人要加害於他。在這種情況下，天羅地宮他還能回得去嗎？

泠玉池在瑤光殿附近，這時辰已不准外人進入。送水車的小廝收了我的錢，把我和香無塵安頓在一處下級宮人住的屋舍裡。

許久沒住過這等陋房了，茅草搭的屋簷，還有冷涼的炕頭。我摸了一下香無塵的手，比白天的時候更涼了，趕忙到屋外撿拾些柴禾進來，一股腦塞入爐子裡。火卻一直不旺，我用扇子搧了好一陣工夫，炕頭才熱起來，起身卻見香無塵正睜著眼睛，虛弱地看著我。

我與他對視幾秒，又驚又喜地奔過去，「香無塵，你醒了？」

他卻沒答話，盯住我片刻，忽然伸手來摸我的臉，眸子裡似有一絲轉瞬即逝的觸動，笑道：「瞧你，怎麼爲我弄成這副樣子？」

我怔了怔，抬手摸一下臉，指尖沾了一層灰色粉末，原來是被爐子薰黑了臉。我也不以爲意，只問道：「你現在覺得怎麼樣？白翎給你的藥怎會有毒？天羅地宮還能夠回去嗎？」

香無塵待要回答，門外忽傳來幾聲鳥類低鳴。他凝神細聽，神色驟地變得複雜，沉默良久後才對我說：「清鎖，麻煩你出去一下，半個時辰之後再回來。」

我一愣，本能地問：「爲什麼？」話一出口才覺得自己傻，以他神神祕祕的背景來看，怎麼會回答我這個問題呢？

香無塵凝看我少頃，卻眞的開口回答：「方才我收到消息，妙無音已經知道我在這裡，正要帶人過來……如今我不確知她是敵是友，不願你陪我一起冒險而已。」

我聞言微怔，心想差點忘了香無塵聽得懂鳥語，果然派得上用場。看來他的耳目也不只白翎和黑翎這兩隻大鵰而已，不過他倒少說了一件事，就是不管他與妙無音是敵是友，我都不可能跟那個女人共存的。她差點要了我的命，又將我送上與蘭陵王背道而馳的人生岔路。

不過那女人跟香無塵不是向來親密無間麼，怎麼會走到今天互相猜疑的地步了？人與人之間的關係眞是天底下最複雜多變的玩意兒。

我此刻無力再去分析別人的事，當下乖巧應道：「好，你自己小心。」說完披了件僕婦穿的灰布衣裳，推門走了出去。

夜已深，風帶著寒意撲面而來，我稍攏緊了衣裳，深吸一口夜裡涼澈的空氣。

從來沒想過，我會在這種情況下回到皇宮。愛他明月好，憔悴也相關……我驀地想起宇文毓，那位儒雅而孱弱的皇帝，從歷史的走向來看，他的生命差不多要走到了盡頭。不知這一次，宇文邕眞能救得了他嗎？

宇文邕，轉念忽又想起，我也曾在這座皇宮裡與宇文邕聯手退敵，大鬧賭局……他攬著我的腰，讓我懸空於泠玉池之上。他說：「你以爲你有資格跟我談條件嗎？元清鎖，我要你知道，你的命是我的，我要你生就生，要你死就死。」——現在想來，都彷彿是前生的事。

那樣偏執又霸氣的他，如今身在何處？應該也在這座皇宮裡吧，與我一同呼吸著宮牆裡繁華而令人窒息的空氣。

3

「徐兄，照我看，宰相大人和司空大人同在皇宮待了這麼久，氣氛似顯不對。這宮裡啊，怕是又將有一番風雲變色了。」

我灰溜溜地沿著甬道往前走，因為怕找不著來時的路，也不敢拐彎，打定主意一條路走到底。這時宮牆的盡頭突然映出兩道人影，看起來是文官模樣。儘管他們特意壓低了聲音，話聲在沉寂的夜裡依然清晰可聞，我急忙閃身躲到一側牆角的陰影裡。

一個答話說：「鄭大哥，你我在宮裡待的年頭不少，難道還看不清是怎麼回事嗎？龍椅上那群後生晚輩又有幾個能坐長的？依我看，現下這位怕是也要到頭嘍。」

另外一個急忙左顧右盼，小心翼翼道：「徐老弟，話可不好這樣說啊！倘讓別人聽去，麻煩就大了。」

「此間只有你我兩個，怕甚？深更半夜的，隔牆的人都去睡覺了，還怕有耳嗎？」年紀較輕的那個嘿嘿一笑，又說：「反正宰相大人『推下』皇帝，也不是頭一回了。」那人還順手擺出了「推下」的動作。

「哎，其實像咱們這等小官，上頭誰當政對咱們來說哪有干係？就當熱鬧看好了。說起來，司空大人這麼聽宰相大人的話，下一任皇帝我看合該是他了。」

「何以見得？鄭兄倘有這般遠見，那我們現下去巴結巴結司空府的人也來得及哩。」

那人頓了頓，回頭左右看看，樣子比剛才還神祕，確認無人後才說：「那天在瑤光殿，我無意間聽見宇文邕親口跟宰相大人說，願意為他承當惡名，親手賜酒給他兄長呢！」

「賜酒……難道、難道宰相大人馬上就要動手了嗎？」年長的那個一愣，結結巴巴地說：「可是平日裡司空大人只管留戀風月，根本不理政事，又在人前與皇上手足情深，怎可能做出這樣的事呢？」

「哎，利字當頭，雖說皇位之後有宰相大人勢力罩著，那也是一人之下、萬人之上，哪個人不想登上去呢？再說司空大人與突厥公主早有親事，的確是接掌大統的最佳人選。」

我耳朵微動，心中略生詫異，什麼親事、什麼突厥公主啊，我怎從來沒聽說過？

「啊！突厥公主？這事我怎麼沒聽聞過，鄭老哥快說說。」

「這事別說是你了，宮裡很多老人都不曉得的，畢竟是前朝之事了。在大司空宇文邕還是少年的時候，為了加強與北方部族的聯盟，他的父親宇文泰派出王公大臣前往突厥聯姻。宇文泰對宇文邕十分疼愛，也想以此聯姻為他以後的前途鋪路，偏偏突厥可汗當時沒有適齡婚嫁的女兒，只有一個妾剛剛誕下一位小公主。於是宰相宇文泰便奉上重金，為宇文邕求聘了這位未滿周歲襁褓中的小嬰兒為嫡妻。兩國約定好，等到公主成人之後，中原再派儀仗前去迎娶。嗯，算算年頭，合該就是這幾年了。」年紀偏大的文官捋了捋鬍子，頗得意地說：「眼下齊國和周國之間戰事待發，為了拉攏突厥，這層關係是不可能不用的。」

不知為何，我的心忽地有些酸酸的，突厥公主……嫡妻，怪不得他的煙雲閣裡住的都是侍妾，怪不得就連身為宰相夫人姪女的我，亦不可有個名分。可是，為什麼宇文邕他明知我做不得他的妻，還要那樣溫柔地對我呢？

我蜷縮在牆角陰影裡，乍地覺得自己像個傻瓜。古代三妻四妾是再平常不過的事情，我又能怎樣呢？隱約聽見那兩名文官又閒聊了幾句，隨即各自往不同方向走了。我急忙站起身偷瞄一眼他們的去向，牆頭燈籠昏暗，然依稀仍可認清他們的身形，一高一矮，一胖一瘦，再加上他們的姓氏，估計日後也不難找出這兩個人來。

他們走遠之後又過了良久，我才從牆角陰影裡步出，心情複雜地往回走去。此刻尚未到半個時辰，不知道妙無音走了沒有，又會不會對香無塵不利？

就在這時，不遠處忽然傳來一陣拖沓的腳步聲，依稀可見有四個人抬著一頂漆金木肩輿走近，前頭還有兩人各提一盞大燈籠將甬道照得通亮。我一時無所遁形，只好冒充是下人，轉身背著牆站著。

「你是哪個宮裡的？怎地這麼晚還在外面閒逛？」許是看我形跡可疑，為首那名小官壓低聲音盤問道。

我只好轉過身，盡量細聲回答道：「小的是宰相夫人派來的，因為迷路了才耽擱在此地。」暗想我現在臉被薰得烏黑，又穿著灰土土的衣服，應該不會被認出來吧。

那人瞥我一眼，果然未起疑。聽說我是宰相府的人，他態度稍好了些，說：「你往那邊走吧，別再擋了司空大人的路。」

什麼，司空大人？我一怔，難道那肩輿上坐的是宇文邕？我忍不住側頭看過去。珠簾後的陰影裡隱約可見一名錦衣男子正在沉睡，夜色下輪廓模糊，卻又那麼熟悉。

我望著他，心中瞬間百轉千迴，不過才分開半月時光，卻好像分開了很久很久。我想上前叫醒他，告訴他我人就在這裡，可不知為何，一念之間我忽然說不出口。不想讓他看到我這副髒兮兮模樣，不想在這種情況下相見，也不想去面對什麼突厥公主……

或許潛意識裡，我希望自己什麼也沒聽到、什麼也不知道。那樣就不用質問，不用懷疑，只要靜靜地回到司空府等他回來就好。

「是。」我心中酸澀，跟那小官應了一聲，轉身往另一邊方向走去。

好不容易找到了落腳那間小屋，我在門口豎著耳朵傾聽了很久，裡頭卻無任何聲音傳出來。

妙無音已經走了嗎？我忍不住推門走進去，小屋裡一燈如豆。

昏暗的光影中，床榻上依稀躺著一個人。

「香無塵？」我輕喚了一聲，他卻沒有回答。我舉著燭臺走近幾步，這才發現他衣衫上沾著黑色血跡，面色蒼白如紙，生氣全無。

我一驚，急忙伸手去探他的鼻息，竟然已經沒有了呼吸！

我驚恐地搖晃著他，「香無塵！香無塵你快醒醒！別嚇我啊！」我慌亂不已，最後一個音都帶了哭腔。

這時，香無塵猛地從床上彈起來，一把攬住我的腰，哈哈大笑道：「被我嚇著了吧！眞看不出，原來你這麼關心我啊！」

我被他嚇了一大跳，掌中握著的燭臺險些拿不穩，一時也分不出手推開他，只好任他抱著，薄怒道：「香無塵！你沒聽過『狼來了』的故事嗎？你再這樣，以後沒人會相信你的！」

煌煌燭火映得他面龐如玉，那笑容愈加令人可恨。他像八爪魚一樣纏在我身上，無賴地說：「都說事不過三，這才頭一回而已，你有甚好氣的？」

我氣結，剛想多罵他幾句，側頭卻見小屋的木門不知何時已經被人自外推開。門外是漆黑的夜色，那人提著一盞燈籠，黑色錦衣幾乎與夜色融合在一起，尤襯得他一雙眼眸亮如寒星。

他怒視著被香無塵抱住的我，眸色深深，彷彿有兩簇強自壓抑住的火焰，其中有不解、質疑也有酸楚，霸氣的眼波裡猶藏著一絲受傷痕跡。

我重重愣住，萬沒想到會在此時此地看見他，不禁喃喃念出他的名字，「宇文邕……」

4

瑤光殿裡溫泉水滑，漂在水面上的木盆裡盛滿了牛奶，我掬了一捧洗臉，繚繞在四周的霧氣裡便多了一絲清淡奶香。

真是沒有想到，我用那樣的聲音說話，穿那樣灰土土的衣裳，還把一張臉薰得烏黑，宇文邕都能在大半夜裡把我認出來，並且一路尾隨我到小屋，撞見香無塵抱我的那一幕。

還記得他方才陰沉的臉色，提著燈籠站在門口，指著香無塵問我：「這個人是誰？」

「一個朋友。」我在心裡合計半天，只好這樣回答。看宇文邕臉色實在難看，我又不知死活地補了一句：「普通朋友。」

香無塵站起身，抖了抖衣裳坐到桌子旁，笑吟吟說：「對，我們只是朋友。」

我咬牙切齒地看他一眼，心想這節骨眼上你還是別出聲較好。

宇文邕冷冷掃過香無塵的臉龐，目光又轉向我，聲音沉沉地吐出三個字：「跟我走。」

我完全被宇文邕冰冷的目光壓住氣勢，看了香無塵一眼，乖乖地跟宇文邕走出門去。這時手腕突地被人拉扯一下，轉身看見香無塵朝我眨了眨眼睛，很小聲地說：「明日子時，冷玉池見。我先走一步，才不會在這裡等著被你的夫君尋仇呢。」

宇文邕聞聲轉過身來，深邃黑眸裡有難掩的怒氣，沉沉望向香無塵。我見此情狀，急忙上前一步挽住宇文邕的手臂，笑著說：「快帶我去洗沐更衣吧，瞧我現在這個樣子，怕是連我娘親都認不出我來了。」

宇文邕低頭看我，怒意下，黑眸深處猶有愛憐，狠狠拽著我往前方的漆金肩輿走去。

望著眼前白霧蒸氣，我忽生迷茫之感。這幾日扮成男裝、餐風露宿，又在這種情況下回到瑤光殿。我與宇文邕，竟會在皇宮裡重遇，帶著香無塵，帶著他就要迎娶突厥公主的消息……所謂世事無常，也許就是這個意思吧。

我歎了口氣，起身換上侍女爲我準備好的素色紗衣，擦乾頭髮往池外走去。不知我們的計畫眼下進行得如何？宇文邕下一步打算怎麼做？太多太多的話，想要跟他說。

宇文邕所居住的別院叫做「明月軒」。顧名思義，此處確是皇宮裡賞月的最佳之選，開闊無遮擋，四面環水，僅靠一條狹長的木棧道與瑤光殿相連。

此時秋色荒涼，一輪明月孤懸在深藍天幕，散落數縷月光譜出淒迷霜色。宇文邕倚在一棵樹下等我，手裡拈著一塊皮革之物，側臉的陰影深邃俊美，狀似懷藏著諸多心事。

我走近他身邊，抬頭端詳著這張每一道紋路都爛熟於心的俊臉，太多太多的話梗在喉間，忽然間說不出口。

月光下宇文邕深深凝視著我，緩緩伸手撫向我的臉頰。

他的手掌很熱，覆在我冰涼肌膚上透出異樣的溫暖。我想開口，他卻忽然按住我的唇，說：「什麼也不必說了……清鎖，我信你。」

我心中一震，抬頭只見他的神色變了變，彷彿沾染了夜的深沉，將那塊皮革放到我手裡道：「你帶著這封信先回司空府，這是父皇留給皇兄的遺物，上面記載著某個寶藏下落。今時皇兄地位不保，宇文護也對我起疑，這份藏寶圖是萬不能再留在皇宮了。」

我微微一怔，剛要伸手接過皮革，餘光卻掃見遠處有一道頗眼熟的身影正往這邊走來。深黑袍子隱有金線閃耀，金冠上綴著珠串，竟是宇文護！他人就在宇文邕的斜後方，往前再走幾步就會發現宇文邕手中的皮革了。

我情急之下，張開手臂一把抱住宇文邕，用身體掩蓋住他手中的藏寶圖，揚聲說：「邕，請你原諒我！是我不好，我不該因爲嫉妒別的女人而對你起了猜忌之心……日後我會跟姑父、姑母好好解釋的！」我低了低頭，悄聲在他耳邊說：「宇文護在你背後。」轉而又揚聲道：「一日夫妻百日恩，求你別厭棄我！」

我抱著宇文邕，從他肩膀上偷眼看去，隱約看見宇文護在不遠處停住了腳步，閃身避到一棵大樹後面。我心想，這隻老狐狸怎麼還不走？

宇文邕俯看著我，兩人離得好近……他的氣息那麼熟悉，灼熱而霸氣，撲面而來。隱約感覺夾在我們身體之間的那塊皮革快要落下，側頭仍見宇文護正在暗處雙目灼灼盯著這邊，我只好用一種極曖昧的語調揚聲說：「邕，抱我……」說著伸手攬抱得他更緊，雙手在他背後如藤蔓般纏繞。一邊在心裡又想，這幅年輕人曖昧香軟的畫面，您這老狐狸看了總該滾了吧？

宇文邕的氣息卻眞眞紊亂起來，他的手在我腰上攬得更緊，細碎的吻輕輕落在我髮間，雙唇沿著鬢角緩緩向下。我身子一僵，他的吻已落到頸間，觸發一陣酥癢顫慄的感覺。

我直覺他有些失控，還未來得及想出對策，宇文邕已一把攔腰將我橫抱起來，大步走向水面棧道，往明月軒行去。

我倚在他懷裡，因怕那藏寶圖掉落而只好側身回抱他，雙手環著他的頸，上身緊貼他的胸膛。霜白月色下他目光透出迷亂，箍著我的灼熱臂彎幾乎要把我融化。

通過狹長的棧道，借著明亮的水光反射，察見宇文護並未跟過來，而是繞過大樹從另一方向走開。我如獲大赦，剛想告訴宇文邕我們不用再演戲了，他卻已將我抱至床邊，略顯粗暴地將我丟到榻上。

那張皮革像片深色羽毛，飄飄忽忽墜落在地上，我跟他卻都無暇理會。

「邕……你別這樣……」望著他灼熱而深邃的目光，我忽覺惶然心虛，心臟怦怦猛跳著，彷彿要從胸口裡跳出來。

明月軒的角落裡放著一座大燭臺，上面點著七七四十九根小蠟燭，燭光搖曳，將棚頂映得斑駁而明亮。夜風徐徐吹來，紗帳輕舞，龍涎香氣若隱若現，混雜著我洗髮後散發的淡淡芬芳。

我往床裡側退了退，結結巴巴地說：「不早了，你我各自回房歇息吧。」

宇文邕趨前一步，深深望住我，眸色映著點點燭光，閃耀出紛繁複雜的情緒，有霸氣、慾望、占有、憐惜，以及一抹濃烈愛意。我被這種目光所震懾，忽然間動彈不得，只能任他握住我的肩膀，說：「清鎖，你還想逃避到什麼時候？」說完他身子前傾，將我輕輕壓在身下，聲音有些粗重，「記不記得我說過，倘讓我再遇到你，定會不惜一切代價把你留在身邊。可是爲什麼，很多時候你明明就在我眼前，我卻覺得離你好遠好遠……」

「在你心裡，是不是始終不會有我？」宇文邕握住我的手輕輕按在他胸口，眸底瞬間流露出的哀傷幾乎要將我擊潰。

我搖著頭，語無倫次地說：「不是的，邕……你、你再給我一點時間……」

我的話還沒說完，宇文邕早已低頭吻住我的唇。他的手溫柔而狂亂，熟練地解開層層衣裙，讓我的肌膚暴露在涼澈的空氣中，卻覺得灼熱無比。

我無力地想要推開他，他卻抱我抱得越緊，細碎的吻沿著下巴一路向下，溫存地吻入脖頸，帶給我一種從未有過的顫慄。我忍不住輕吟一聲，他貼近了我的身軀，舌尖又一次靈巧地探入我口中，深深地索取著。

燭光搖曳，帳底飛花，綾羅枕被，錦繡鴛鴦……這一夜那樣的長，那是我早預感要發生卻不敢去想的事情。紅色花朵綻放在他身下，那一刻他眼中的憐惜和疼愛，我想我這輩子都不會忘記。

我就這樣將自己交付，他的體溫、他的熱情，都和他的眼眸一起深深烙印在我生命中，今生來世，揮之不去……

窗外晨光初露，寒氣如霧。一瞬間，我忽然脆弱得想哭。

我真的愛他嗎？他又有多愛我呢？我們的愛，究竟可以延展至何處呢？我忍不住把頭深深埋進他懷裡，恨不得這一秒，就是一生。

5

清晨醒轉時，枕邊人已經不在身邊。

我起來穿好衣衫，剛想下床，身體卻一陣痠痛，我又跌回枕邊，想起昨夜發生的一切，臉頰不由像火燒一樣紅熱起來。隨之而來的，還有那股無力而惆悵的恍惚感。

他是我第一個男人，我卻只是他眾多女人中的一個。其實我還沒準備好啊，我甚至不知道自己有多愛他，不知道前方的路要怎麼走……可是這一切，卻真的發生了。

我不由又想起那些詩句：「花非花，霧非霧。夜半來，天明去。來如春夢幾多時？去似朝雲無覓處。」

此時此刻，他在哪裡呢？他的心……又在哪裡？

雕花木門乍被輕推開，寒涼的空氣絲絲縷縷飄進來，其後是一道俊朗挺拔的人影，穿著一襲青色錦衣，身上有我所熟悉的味道。

宇文邕手中端著一碗湯藥，笑吟吟踏進門口，看我的時候，臉上展顯柔和溫煦的表情。我臉上一熱，本能地別過頭去，又覺得自己太過忸怩了，強自轉頭看他，卻沒什麼話好講，想了想才道：「呃……早安。」

宇文邕唇角浮現笑意，拂了袍角坐到我身邊，伸手擁住我的肩膀，裝模作樣地說：「嗯，好。的確是很好……從來沒有這樣好過！」

我瞠了他一眼，「大清早來跟我抬槓，很有趣嗎？」

宇文邕寵溺地一笑，揉揉我的髮絲，把手中湯藥往前一遞，「來，把這個喝了，會不那麼疼。」

他眼神曖昧到極點，我領會了他的意思，臉頰簡直要燒起來，忍不住握起拳頭捶打他。

宇文邕一躲，手中的湯藥差點灑掉，忙用另一隻手將我擁在懷裡，抱小貓一樣箝住我的手，寵溺道：「乖，別鬧了，我特意讓人爲你準備的。」

我紅著臉，溫順地一口氣喝了。不知道是不是因爲這湯藥太燙的緣故，心中竟有些暖融融的，抬頭偷眼看向宇文邕，卻見他也正低頭凝視著我，深邃雙眸中懷藏無限情意。我突有些手足無措，跳出他懷裡，下床坐到妝臺前，鏡中人鬢髮散亂，容顏卻現殊色，流光溢彩，整個人散發著與昨日不同的韻味。

妝臺上沒有梳子，我翻了幾個抽屜也找不見。正著慌間，宇文邕不知何時來到我身邊，遞給我一把熟悉的牛角梳，「給你。」

我一怔，竟是那日無故在我房間裡失蹤的那一把，我詫然抬起頭。宇文邕倚著妝臺，略顯局促地說：「那天我送你白玉釵……很喜歡你髮間的清香，於是拿了你的髮梳帶在身上，如此就像你隨時在我身邊。」

我心頭一震，恍有無盡溫暖潮水在胸口蔓延，幾乎要將我淹沒。一時間我只能呆呆地凝看他，帶著無措，帶著感動，帶著許許多多說不清道不明的情懷……

宇文邕拿起妝臺上的眉筆，他的手骨節青白、玉指細長，拈起來十分好看。他柔聲說：「從今日起，我來為你畫眉吧。」語罷貼近了我，凝目看著我的眉細細描畫，彷彿這是世上最緊要之事。他的氣息那麼熟悉，似絨毛般輕拂在我臉上，引我想起三月的柳絮，那樣突如其來，宛似大雪紛飛，美不勝收。

「只為我一個人嗎？」我定定看著他的眼，細聲回問，帶著一絲希冀和忐忑。

都說女子最忌善嫉猜疑、想把對方獨占為己有，尤其在這三妻四妾尋常可見的古代。原來我也不能免俗，不願他為別人畫眉，不願他對別人說出同樣的情話……想必我的心真的被融化了吧，還在某個柔軟角落裡銘刻上了他的名字。

宇文邕俯下身揉揉我的頭髮，輕啄一下我的雙唇，說：「我答應你，清鎖，從今以後我心裡只有你一人。今生來世，永不相棄。」

第七章　報答生平未展眉

看來，蕭洛雲真的做了一回傾城美人哩，不過以她的容貌，的確也值。香無塵鳳眼微挑，應道：「當時蘭陵王為救蕭洛雲，不得已拔出了離觴劍。但是為了不讓金墉城倒塌，他將半生功力注入石壁裡的劍鞘，以一己之力撐住了這座城。」

1

轉眼就到了子時。這些時日過得似夢非夢，到了晚上，我才想起香無塵與我的約定，分開時他曾跟我約定過：「明日子時，泠玉池見。」

乍有種「今夕是何年」的悵然感，其實不過一天的時間而已，我卻覺得像是半生那樣漫長……成長、依戀，抑或在不知不覺間滋生了的愛苗，都讓我頓感煥然新生。彷彿人生進入了一個嶄新階段，只是長路漫漫而前途未卜。

泠玉池水一如半年前的樣子，粼粼波光輝映著霜寒夜色，宛如一塊神祕美麗的冰玉鑲嵌於瓊樓玉宇之中。宇文邕方才被宇文護差人叫去，我才有機會落單，不然這樣看起來像是「私會男子」的行爲，還眞不知道該怎地跟他解釋。其實我挺想告訴他，香無塵在我眼裡從來就不是尋常男子，香無塵太過妖豔，不似凡人，我只當對方是故友託付給我照顧的普通朋友而已。

泠玉池很大，香無塵沒說具體位置，我只好在四周漫無目的地梭巡。上次落水後被水鬼捉住的遭遇，讓我依然存有陰影，不敢靠水太近，只在小亭和棧道附近徘徊。不知道爲甚，我此刻的思緒有點緊繃，湧起了些不好的預感，在腦海中暗暗思忖著如今皇宮中的局勢。

在司空府時，我給宇文邕出的計謀是製造司空府不安分的假象，故意把消息傳入宰相府好引宇文護對這邊起疑。宇文護生性多疑，不到萬無一失的地步絕不輕舉妄動，藉此分散他的注意力，他暫時就不會對宇文毓下手，可以拖延一些時間。接下來宇文邕要赴皇宮，大義滅親自請誅殺宇文毓，賜之以毒酒，藉機在酒裡動手腳。另一方面，小蝶回到宇文毓身邊，事先讓他服下解藥，再安排假死之後的皇帝逃出皇宮。其實這計畫聽起來容易執行，中間許多細節仍需要各方面皆配合得天衣無縫才行，如今宇文邕爲使我置身事外，進展如何也沒有跟我多講。

現在的我，能幫上什麼忙呢？除了帶著藏寶圖盡快離開，不讓宇文邕再爲我分心之外，還能幫上些什麼？

這時，我眼角忽瞥見泠玉池劃過一道燦然銀光，一名藍衣男子飛身躍到那道銀光上，在水面上如流星般劃過。我眼前一花，還未看清發生了什麼，即已被人一把拽上水面。

再睜開眼的時候，只見自己正也踏在那道銀光上，背後站著香無塵。他一襲藍衣翩然，扶著我的腰笑道：「好玩嗎？」

我低頭仔細瞧去，原來我們正踏在一把劍上，劍身散發的光芒與泠玉池水交相輝映，彷可聽見清脆聲響。

我被眼前情景所驚呆，還未來得及驚歎，香無塵已然扶著我縱身一躍，落於池中小亭。二人穩穩站妥後，香無塵揚臂將腳下銀色寶劍握在手裡，在我面前晃了晃，「喏，這個送你。」

我一怔，心知這定是件不凡之物，問道：「這把劍是甚來歷？爲什麼要送給我？」

香無塵倚著亭柱，又是一副慵懶姿態，回說：「你救了我的命，我說過要送件東西報答你的。」語罷將手中寶劍一轉，霎時銀輝耀眼，我不得不用手遮住眼睛。只聽他又說：「這是離觴劍，你應該聽說過的。」

離．觴．劍！這三個字讓我猛然想起很多很多事。那時我被妙無音關在牢裡，她說：「離觴劍一旦被拔出，金墉城就要倒了呢。」當時她杏眼一眨，又嘲諷道：「你說他會去救誰呢？呵，元清鎖，想讓你當一次傾城美人，怕是也難吧。」

接著又想起那日我在牢裡苦等蘭陵王來救我的心情。明知他不會來，卻仍然自欺欺人地在心裡期待著，那種內心煎熬實更甚於肉體折磨。

我心頭一酸，深深歎了口氣。如今，一切早已時過境遷，可原來當我想起的時候仍不免難過心傷。

沉默了好半晌，我才從自己的思緒裡走出來，抬眼卻見香無塵正拿探究目光看著我。我平靜地回望著他，說：「不是說，一旦拔出這把劍，金墉城就會倒嗎？如果它眞是一把傾城之劍，那麼我可要不起。」

看來，蕭洛雲眞的做了一回傾城美人哩，不過以她的容貌，的確也值。此時此刻，我很詫異自己竟然可以用一種不嫉妒、不怨毒的態度去回憶她……或許再過一段時間，那些人、那些事，我也能眞正釋懷了吧。

香無塵鳳眼微挑，應道：「當時蘭陵王爲救蕭洛雲，不得已拔出了離觴劍。但是爲了不讓金墉城倒塌，他將半生功力注入石壁裡的劍鞘，以一己之力撐住了這座城。」

我聞言愣住，略一思索，才問道：「那他現在怎麼樣了？你們天羅地宮要離觴劍做甚？難道是故意想消耗蘭陵王的功力嗎？」

香無塵待要回答，目光掃過前方時眉頭卻是一蹙，拉著我飛身躍入池邊草叢裡，用手輕捂住我的嘴巴，示意我別出聲。

這時，遠處傳來拖沓腳步聲，大群皇宮內侍舉著火把洶湧而來，將泠玉池上空照得通明。一道高眺人影跌跌撞撞奔近，那人身穿明黃色龍袍，根根金線在火光輝映下閃耀如龍鱗，然此時此刻看來卻略顯蕭索狼狽。我凝目看過去，不由大吃一驚，那人竟是宇文毓！

他跑到棧道盡頭的小亭，前方是寒氣繚繞的泠玉池，再無退路。那些火把在棧道上聚攏，將他層層圍在中間。宇文毓深吸一口氣，整了整龍袍甩袖站好，回身面對著那沖天離亂的火光。

一時間，他就那樣望著背叛了他的人群，火把灼灼燃燒聲在四周輕響。

就在這時，舉著火把的人群突向兩側分開，中間緩步走出兩個人，一個身著褐色錦衣、頭髮花白，矍鑠的面龐如刀削一樣；另一個長身玉立，一襲墨綠色錦袍，他的臉藏在陰影裡，神色曖昧不明。

正是宇文護和宇文邕。

我一驚，心想難道歷史上宇文毓被賜毒酒這一幕，就要上演在我眼前嗎？

宇文邕端著一盞玉色托盤走近，唇角似乎動了動，可是我聽不清他在說什麼。宇文毓抬頭看他一眼，只是一眼卻像傳達了千言萬語，其中有不捨、有留戀，更多的卻是恨意。

宇文毓拿起酒杯，側頭瞥了瞥宇文護，神色傲然地仰頸一飲而盡。未久，他的臉龐霎時蒼白如紙，孱弱身軀在夜色裡晃了晃，轟然倒地。

我心中一顫，不知爲何，忽然有種不好的預感，就好像……好像他再不會醒來似的。

我站起身想去找宇文邕，卻被香無塵一把拽住。他低聲問道：「你去湊甚熱鬧？」

「我也不知道此時此刻我能做些什麼，但總比這樣冷眼旁觀好。」說完我舉步要走。

香無塵卻按住我肩膀，將離觴劍塞到我手中，「從今以後，你帶著這把劍。」

瞬間，一股暖意從手腕貫穿我全身，溫熱而奔騰得就像某種電流，通過後引起輕微的顫慄感。這股電流循繞一圈後直入丹田，我長長呼了口氣，覺得適才憋悶的胸腔似一下子輕鬆許多。

香無塵輕拍了拍我的肩膀，我下意識地回過頭去，他卻在我轉頭的瞬間將一粒藥丸塞入我口中。我還未來得及問這是什麼，就順勢嚥入口中。

「你給我吃了什麼？」我捂著喉嚨，不滿地盯著香無塵。

「天羅香，是可促進你氣血運行的良藥，我的傷就是靠它治好的。」香無塵一副漫不經心之狀，邊握住我的手腕按了按脈門，「那時你被關在牢裡，心力交瘁，又服了妙無音的地羅散，你體內桃花的功力便跟著散開了。離觴劍乃是神物，可以幫你聚起散開的內功。往後只要你用這把劍禦敵，幾乎沒有人能再傷你了。」

「謝謝。」我感激地看著香無塵。

我的話還未說完，餘光卻見遠處宇文邕似乎正在與宇文護爭執什麼。宇文毓倒在地上，月光照在他臉上不見半分血色，就像隻折斷了翅膀的蝴蝶。

我忙將離觴劍收在袖口裡，俯身繞小路往宇文邕身邊走去。

2

「皇叔，好歹他是堂堂大周皇帝，無論如何也該留他個全屍。」我混在人群裡，隱約可分辨出這是宇文邕的聲音。

「不行。即使沒有全屍，亦可以衣冠葬入皇陵，都是一樣的。」宇文護語調不算嚴厲，卻透出不可違逆的意味，「來人啊，將皇帝屍首淋油，連棺材一起燒了。」

我大驚失色，心想難道宇文護早猜知宇文毓會來假死這招？還是他只是不確定，定要親眼看到人化成灰才放心？

宇文邕面色隱現青白，嘴唇微動，終是沒發出聲音來。此時他若再開口勸阻，不但於事無補，假死這事也要穿幫了。

情急之下，我一個箭步衝了出去，拜道：「清鎖叩見姑父。」

一時間，所有目光都集中在我身上。火把焰光搖曳逼人，我抬頭迎視宇文護的目光，說：「清鎖未經姑父允許就來到此處，還請姑父贖罪。」說著我看了一眼宇文邕，「我只是……有些記掛我的夫君。」

其實那一日宇文護曾在皇宮裡見過我的，只不過當時他在暗處，我也裝作不知而已。他應未把我的到來當回事，畢竟僅是個女流之輩，且在他妻子掌控之下。

宇文護審視地看我片刻，淡淡應了一聲：「起來吧。」

我依言起身，上前一步道：「姑父，宇文毓好歹是一代帝王，倘若草草將他燒化成灰，不但傳出去不好聽，而且也會有損我們大周的王氣。不如將這件事交給清鎖處理，如何？」

宇文護矍鑠的雙眼掃向我，「哦，你打算如何處理？」

我轉過身，揚聲對跟在宇文邕背後的內侍說：「快去找艘木舟來，小舟內四周擺上鮮花，再淋上油。」說罷，我低眉順眼地看向宇文護，「待小舟燃盡以後，屍骸與花瓣的灰燼會沉入冷玉池底，如此也不枉他一代國君的身分吧。」

宇文護深深睇看我一眼，淡淡說：「罷了，隨你。」他側頭看一眼宇文邕，目光又回到我身上，「清鎖，今後你的夫君就是大周的帝王，你要在他身邊爲他分憂才行。」

我聞言一愣，彷彿「帝王」二字含著某種宿命的力量。四下驟然一片沉默，倒是宇文邕先反應過來，拱手道：「謝過皇叔。」

我忙也俯身行禮道：「謝過姑父。」

這時，所有火把一齊朝天揚起，眾人跪拜在腳下齊聲呼道：「吾皇萬歲萬萬歲！」

宇文邕拉著我站在中央，臉龐映照著晃動的光影，卻是面無表情。

帶著對歷史的瞭解，我忽然湧起一股滄海桑田之感……宇文邕，就這樣迎來了他生命中的轉折嗎？

我轉頭又看一眼宇文護，他可知道宇文邕深沉剛硬的內心，可知自己其實是養虎爲患，可知今日宇文毓之死，他日也要算在他頭上的？

原來每一個人，位極人臣也好，一代梟雄也罷，在歷史宿命面前都是這樣無助而渺小，除了隨波逐流，別無他法。我，是否也是如此呢？

抬頭望見夜空萬里，星月無邊。無數火把的光亮映在泠玉池裡，就像細碎的星火。我暗自扣緊了宇文邕的手，眼見承載著宇文毓的小舟漂到泠玉池湖心，火光大盛，隨即緩緩沉降下去。

希望香無塵能夠再幫我這一次。宇文毓最終能不能得救，就看他自己的造化了。

3

登基大典隆重莊嚴，其後的祭天儀式、歌舞表演營造出一派喜樂昇平的景象。我卻覺得整個皇宮籠罩在一股陰寒氛圍之下，一朝天子一朝臣，總有些人要隨著宇文毓離去的。而宇文邕的政敵，包括那些派殺手刺殺我們的人，今後的路亦然格外難走。

我在明月軒裡收拾細軟，打算明日一早就回司空府，畢竟以後就要舉家遷移到皇宮，有許多事需要打點打點。一切發生得這樣快，我甚至沒來得及像往常那樣讓自己置身事外。此時已是掌燈時分，窗外寒氣被夕陽餘暉染成淺淡的紅暈，日光彷彿極遠，亦沒有絲毫的暖意。

突然，有人自外敲了敲門，高聲唱道：「有賞賜到！」我有些怔忡，垂首站在一旁。眼見無數珍寶、綾羅綢緞如水一般湧入明月軒，頓時間流光溢彩、燦然生輝，有些扎眼。

那內侍又宣讀了什麼，言語艱澀，我只聽出「元氏清鎖」幾個字。心中忽生一絲淒涼，如今他貴爲帝王，可我依然是個無名無分的侍妾。

從來不曾想過，有一日我也會如古代尋常女子一般，將所謂的名分看得這麼重。可是「名分」這碼事，從另一角度去看，或也代表著我在他生命中所占的地位吧。一想到那位「空降」成嫡妻的突厥公主，想到煙雲閣裡那麼多女子和顏婉……想到今後我要與她們一起分享這個男人，我就覺得萬分絕望。心中起起伏伏，一時間忘了禮數，直到有下人悄聲提醒我：「主子，該謝恩了。」

見聖旨如見帝王，我步下臺階，正要俯身行禮，忽有雙大手將我扶住，溫熱的觸感透過紗衣傳來，如許熟悉。

他低頭看著我，眼中有疲憊，隱隱也有一絲躊躇的熱切。揮手喝退下人後，他急忙伸手擁我在懷裡，輕聲問我：「清鎖，怎麼了，你不開心嗎？」

我不願像個怨婦，所以只不落痕跡地掙開他，走到小廳中央，隨手捧起一把金銀珠玉，勉強笑道：「你賜我這麼多好東西，我爲甚要不開心呢？」

宇文邕凝望著我，彷彿想看到我笑容背後最眞實的心情。良久，他微歎了一聲，說：「清鎖，我知道你在想什麼。」

「連我自己都不知道我在想什麼，你又能知道些什麼呢？」我淡淡回言，卻在心裡鄙視這樣的自己。終究是像個怨婦一樣跟他抬槓了，我的怨懟、我的憂傷，其實與尋常女子別無二致，而且都寫在臉上了。

宇文邕走過來，自後環住我的腰，呼吸離我的耳朵很近，柔聲輕語：「我說過的，以後只會爲你一個人畫眉。」

我耳朵一癢，略要掙扎。他加力抱緊了我，繼續說：「眼下我剛即位，根基不穩。等一切盡在掌控之後，我會昭告天下，立你爲后！」

我心中一震，有感動，也有一絲莫名的惶恐，轉頭看著他的眼睛，「立我爲后？那與你定親十六年的突厥公主呢？」

宇文邕聞言一怔，詫然回問：「你怎麼會知道這件事？」他頓了頓，扳過我的肩膀，「清鎖，原來你是在爲這個不高興。這門親事是我爹在世時定下的，我別無選擇。」

我歎了口氣，實在不想再爭執下去，便說：「罷了，我都明白。這件事我也是無意間得知的，只是覺得你不該瞞著我。」

前幾日在宮裡見到的那兩名文官我已派人招到內宮，這兩個人知道得太多，又有些見風使舵的本領，放在身邊不但可以防止他們亂說，還可得知一些小道消息。比如我又從他們口中打聽到，那個突厥公主名叫阿史那，年輕貌美又人見人愛，是突厥皇室最受寵愛的一位公主。

宇文邕低頭看我，蹙著眉毛，悄悄歎了口氣。他此時看起來相當疲憊，俊朗面容上彷彿蒙著一層霜塵，我有些不忍，伸手去撫他的眉，說：「我說著玩的，其實也不是什麼大不了的事情。明日我就回司空府打點一切，你也不用爲別的分心。」

宇文邕把頭埋在我頸窩裡，喃喃地說：「清鎖，你給我一點時間。我會向你證明，我對你的承諾都不會落空。」說完他輕輕含住我的耳垂，雙手繞到我背後，熟練地解開我的裙帶，動作裡似有無限憐惜。

我本能地環住他的頸，這才發覺原來我已經如此熟悉他的吻……心卻莫名地往下沉，彷彿無根的浮萍，顛沛流離失去了方向。卻只能這樣任他抱著，任他的激情將我淹沒，或許這樣我就可以相信，我是愛著他的，並且可以一直愛下去……

夜晚將盡，晨曦初露，東方天邊隱有一絲魚肚白。宇文邕還在沉睡，我幫他蓋好被子，披上衣服抱膝坐著。

桌案上的紅燭尚燃著，淡淡火光透過薄紗帳左右搖晃，我突地想起那樣的詩句：「多情卻似總無情，唯覺樽前笑不成；蠟燭有心還惜別，替人垂淚到天明。」

這時，窗外乍然飄起無數花瓣儼似一場五顏六色的雨，香氣瀰漫，在淺淡的夜幕下如夢境般不真實。我一怔，不由下床走近窗邊，只見漫天的花瓣忽然凝成一股氣旋朝我飛來，中間夾著一封信，上頭用陌生娟秀的字跡寫著：「元清鎖親啓」。

我輕輕接過，花瓣立時四散而去，餘香繚繞。我回頭瞄看一眼沉睡的宇文邕，驀地有種古怪的預感——這封充滿花香的信，將會給我的生活帶來重大改變。

4

泠玉池池水在清晨光輝裡透明如白玉。寒氣給人帶來一絲清爽的感覺，讓我眼看著水面上緩緩騰起無數花瓣，凌空飛舞，也不覺得這是夢。

我臨風站著，素色衣裙似蝶翼般飛舞，而我只定定看著前方。

一個人影從花雨中走出來，身上帶著獨特的香氣，隱隱有些似曾相識。晨光照在她臉上，我這才看清了她的臉龐，就如一道強光直射入眼，讓我倒抽了一口氣。

這樣的傾城美貌，任誰看了都會有驚豔的感覺吧。這個女子杏眼櫻唇，尖尖的下巴我見猶憐，雙鬟臨風，袖帶翩然，肌膚白皙如玉，沒有半點瑕疵，直如九天仙女下凡塵——其實這副容顏我曾見過的，就在蘭陵王的洛水沁雲居。她的雕像那麼逼真，卻也描摹不出她真人的十分之一美麗。

「蕭洛雲？」我輕聲喚她，帶著一絲疑問，不明白她何以大費周章地約我這個毫無相干的人見面。她在信裡約我來此見面，看到落款的時候我還吃驚不已，不明白這個與我素昧平生的傾城美女為什麼會想見我，「你找我，有何貴事？」

是因為蘭陵王嗎？他早已經選擇了她啊，並且今生不會再愛上除她以外的人，她還有甚必要來看我這個被屏棄了的人呢？

「元清鎖是嗎？很多人告訴我，你是個冰雪聰明的女子，今日一見，果然乖巧伶俐。」

蕭洛雲和善地看著我，美麗臉龐細看之下有幾分憔悴。

我淡淡一笑，或許潛意識裡仍是對她有種莫名的敵意，「你來，就是爲了說這些恭維的話嗎？」

蕭洛雲也不惱，定定看我片刻，表情忽然變得柔弱而哀傷，她說：「我知道你不喜歡我，可是就算爲了長恭吧，請你聽完我說的話。」

她這樣一說，我反倒有些內疚，歎口氣輕聲道：「你說吧。」

蕭洛雲揚起手臂，一串花瓣繞著她的手腕飛舞數圈，就像七彩的蝴蝶。她用苦澀神情看著我，「不知道有沒有人告訴過你，我與長恭，其實都不是凡人。」

我一愣，只聽她又說：「我的母親是花妖，長恭的母親是月神，她們曾經是一同修煉的姐妹，在我們未出生時就定下盟約，要讓我們永生永世在一起。」

歷史上關於蘭陵王母親的來歷一直是個謎，我驚訝地看著蕭洛雲，在心裡思忖著她這番話的可信度。

「長恭是半神之子，他的能力在早年時並未顯露出來，而我卻有操控百花的能力，被天羅地宮認定是半妖之子，追捕了許多年。爲了不連累長恭，我幾乎逃到天涯海角，可最後還是被天羅地宮的人捉住，也就是與你一同被關在牢裡那一次。」蕭洛雲伸手將衣領拉低，露出一道蜿蜒醜陋的傷口，與她白皙無瑕的肌膚反差鮮明，我瞠目結舌地看著。

她撫摸著那道疤痕，繼續說：「清鎖，多餘的話我就不說了。如今，我體內的花晶雪魄已然被天羅地宮的人拿走了，現下他們又抓了長恭……很快，他就會承受與我一樣的苦楚。清鎖，我知道離觴劍在你手裡，求你跟我一起去救他，可以嗎？」

我怔怔看她片刻，說：「花晶雪魄是什麼玩意兒？天羅地宮的人要它做甚呢？蘭陵王不是很厲害嗎？又怎會這麼輕易就被他們制住？」我一口氣問了許多問題，就在此刻我才發覺，原來有關蘭陵王的消息還是會讓我瞬間慌亂起來。

「長恭體內有比花晶雪魄更有力量的月晶雪魄，傳說這兩塊雪魄的能量可以幫天羅地宮喚醒沉睡的主人。長恭爲了保住金墉城，已經耗費半生功力，如今又落到天無四尊中最乖戾的諸葛無雪手裡，根本沒有活路了。」蕭洛雲趨前一步握住我的手，「清鎖，你愛過長恭的，不是嗎？我聽說你體內有桃花仙子的功力，而今離觴劍又在你手裡，如果你肯跟我一塊去救他的話，也許……」

愛過，又如何呢？此時此刻我已經是宇文邕的人了，那段感情曾經傷我至深，今已時過境遷，如何能再回頭呢？我不知從哪裡來的憤怒，一把甩開她的手，「我爲什麼要去救他？你們的死活又與我何干？那時他只想著救你，將我的死活棄之不顧，我還傻傻等著他，傻傻地以為他會來……」我心頭一酸，說：「罷了，都是過去的事了，如今我只想做好自己的本分。我貿然跟你走了，若是有個三長兩短，我的夫君要怎麼辦？」

其實以我的性格，無論何時何地，聽說蘭陵王有危險本都會義無反顧地去救他。可是如今，眼前這個女子讓我自慚形穢，如果說她與蘭陵王才是天生一對的眷侶，為什麼他們的故事裡總要把我牽扯進去？我如果去為他披荊斬棘，生死未卜，又讓宇文邕情何以堪呢？

一陣短暫的沉默。天色漸漸亮了，泠玉池池水反射著旭日暖光，閃耀出瑰麗的橘色。

蕭洛雲靜默看了我良久，甫說：「清鎖，我確無資格要求你什麼，但是我可以告訴你，長恭他心裡眞的有你。他曾經誤以為你死了而露出絕望的表情，也曾在聽說你人在司空府內之後不顧一切地闖入周國。他看到活生生的你，便覺得安心，安心得可以回到我身邊，並在某個午夜，擁著我喚出你的名字……或許這一切，連他自己也不知道為什麼。可是我，卻比任何人都清楚。」

我不動聲色地聽著，雙手卻緊緊握起，指甲幾乎要嵌進肉裡。心中波濤洶湧，帶著一絲莫名的哀傷，我搖頭說：「好了，你不要再說了。」

蕭洛雲淡淡一笑，那笑容淒清有餘，在她臉上卻別有一番美豔，她仍繼續說：「這些原本我都不敢說的，因為我怕你會重回他身邊。不過現在也都無所謂了。反正長恭命不久矣，我失去了花晶雪魄，如今全靠母親留給我的血液撐著，而後也會隨他去的……」

我不忍再聽，從袖子裡抽出離觴劍，往地上一甩，「這把劍你拿走吧，我是不會跟你去的。」語罷我轉身要走，哪知眼前銀光一閃，離觴劍竟似有生命般又飛回到我手上。

我一愣，轉頭卻見蕭洛雲已經跪在我面前，她說：「清鎖，算我求你。離觴劍是神物，它既認定了你，就說明你有駕馭它的能力。我答應你，救出長恭之後我就離開他，讓他跟你在一起，好不好？」蕭洛雲扯著我的裙角，神色淒然。

我居高臨下看著她，心中一時百轉千迴，最終還是不忍。我俯身扶起她，說：「我元清鎖不是那樣的人。好吧，我答應跟你去救蘭陵王，但你也要答應我，下半生你陪他一起度過、給他幸福，莫再讓他顛沛流離。」

到底是我曾經深愛過的人啊，如何能夠眞正無動於衷呢？縱使我自私，不願節外生枝破壞現有的生活，可在我最隱祕的內心裡，其實早已做了這個決定。

「多情卻似總無情，唯覺樽前笑不成；蠟燭有心還惜別，替人垂淚到天明。」

或許我元清鎖今生注定如此吧，要爲他人作嫁衣裳，替人垂淚到天明。想起蘭陵王傾城絕代的臉龐，想起他爲我繫起蘭花帕時的溫柔神情，想起我們之間發生的一切一切……心還是會隱隱抽痛，悲傷也恍若隔世。

5

臨走的時候，我沒有跟宇文邕告別。他只以爲我要返回司空府，一切順利的話，不消半個月時間我就可以重返皇宮。

那時正值晌午，陽光明媚，他趁午休時間來明月軒看我。

房間裡薰香裊裊，融化了日光。

我將牛角梳放到他懷裡道：「你不是說過，這把梳子上有我的味道，將它帶在身邊，就好像我在身邊一樣。」

宇文邕一手環住我的腰，壞笑著說：「但我還是更喜歡這樣，眞眞切切地擁你入懷。」

我扳過他的臉，細細凝視著好一陣，才說：「邕，等我回來。雖然以後我還會跟你鬧，跟你使小性子，可是我再也不會離開了。」

宇文邕驚訝地看我一眼，旋將我擁緊，「清鎖，爲什麼突然說這樣的話？就好像……你可能再也不會回來了似的。」

我怕他瞧見我此時複雜難言的表情，忙伸手環住他的頸，把頭深深埋進他胸膛裡，「傻瓜，怎麼會呢？」我頓了頓，岔開話題說：「宇文毓現在安然無恙，你放心吧。以後有機會我會安排你們碰面的。」

昨夜香無塵讓一隻喜鵲送信給我，上頭寫著：「宇文毓未遭不測。」

剛看完信箋的時候我萬分開心，多看了幾遍之後又覺得這是句十分古怪的描述。香無塵爲何要用雙重否定的句子呢？可終是沒時間深究，這些細節我未跟宇文邕說，只道：「那晚，我的一個朋友潛入水裡救了他。他現在一處很安全的地方，等事情淡了，我再接他出來。」說完，我不由在心裡暗想，泠玉池底的天羅地宮眞能算得上是安全的地方嗎？

宇文邕撫摸我的臉頰，剛想說些什麼，這時卻有內侍隔著門簾道：「皇上，該是向宰相大人請安的時辰了。」他臉上閃過一絲冰冷表情，但也只是一瞬。

我握了握他的手，柔聲在他耳邊說：「忍一時而已。我們都知道，總有一天，他會付出代價的。」

宇文邕深深瞅我一眼，輕吻一下我唇角，轉身往門外而去。他的背影比前幾天瘦削了些，黃袍玉立，我忽然覺得好不捨。

我能活著回來嗎？當我回來的時候，他若察覺我瞞著他去了別的地方，可還會像以前那樣溫柔地原諒我嗎？

天氣愈加冷了。

這條路頗嫌眼熟，這一次，兩旁的枯樹寒鴉都沾染了蕭洛雲身上花香，而變得略微生動起來。她告訴我，蘭陵王自小喜蘭，寢宮裡種了各種各樣的蘭花，所以他身上總繚繞著淡淡蘭花香。

提到他的時候，她眼中總顯出那款神采，滔滔不絕吐說許多話。我靜靜地看著她，聽著有關蘭陵王過去的一點一滴，心中沉甸甸的，有淡淡的喜悅，也有莫名的惆悵。

就這樣不顧一切地仗劍而去。策馬奔馳在黃昏路上，我忽有種爲他奔赴的感覺，心底卻有另一股強自壓抑住的內疚，我知道這是因爲宇文邕。

「我們現在要往哪裡去？」我側頭看著白馬上的蕭洛雲，「你上次說天無四尊中最乖戾的是誰？那名字好像挺耳熟。」

蕭洛雲目光一沉，脆聲回道：「他是天無四尊中鎮守東方青龍位的小春城城主——諸葛無雪。」

諸葛無雪麼，這個名字我似曾聽香無塵提起過。

想起一個月前在小春城的種種奇遇，現在仍餘悸猶存。

蕭洛雲遞過來一套男裝，說：「換上吧，我們兩個女子太過惹眼，還是扮成男裝爲好。」

我依言換上了這套月白色錦袍。望著溪水中的自己，金冠束髮，手握摺扇，一副貴公子小白臉的打扮，不由覺得有些好笑。

蕭洛雲卻沒我這般閒情逸致，她閉眼靠著大石休息，臉色微顯蒼白。縱使穿著男裝，也難以掩蓋她的傾城美貌。

我握緊了袖口中的離鶬劍，對著月亮心中默念道：「長恭，有些話我是不甘心說出來的，可是蕭洛雲，她的確是個可以與你匹配的女子。只希望這一次我們可以度過難關，只希望……可以看到你幸福。」

6

重回小春城，這裡依舊溫暖如春。

此時是白天，我與蕭洛雲與外來的商隊結伴進城，所以並未遇到什麼阻礙。蕭洛雲說她有辦法得到一張小春城最初的建築圖，要去找一個故人才能拿到，於是我就自己先找間客棧住下。

春末夏初的天氣總是很愜意，我手握摺扇，裝作尋常富家公子哥招搖過市，卻發現街上有許多人拿異樣目光看我。

我不明所以，正詫異地回望，這時小巷裡忽然奔出幾個官兵模樣的人，爲首的一個攔住我，態度倒很恭敬地說：「這位公子，請跟我們走一趟。」

我一愣，硬著嗓子喊說：「本公子未偷未搶，你們憑什麼抓我？」

那人也不多說，轉身引我走到一條大道，揚手指道：「滿城裡都貼著公子的畫像，難道你看不到嗎？」

我順著他的手指望過去，不由大吃一驚。只見牆上鋪天蓋地貼著一張清秀男子的畫像，一身新郎官打扮，臉龐分明就是我的模樣。

我深吸一口氣，知道再說什麼也是白搭，乖乖道：「好吧，我跟你們走。」說話的同時，我猛地一揮衣袖，抖出早先藏在袖口裡以備不時之需的石灰粉，轉身往巷子另一端跑去。

眼前綠光一閃，倏忽間有一道纖細人影擋在我身前。這個少年身著煙綠錦衣，清俊孱弱，看起來頗是面熟。

綠衣少年看著我，唇邊露出一抹意味不明的笑，揚起下巴道：「喂，你回來了。」

我看住他半晌，恍然想起那日，身穿新郎男裝的我曾經「輕薄」過這位少年，他說過讓我別再踏入小春城半步的。還記得這個少年當時看我時白裡透紅的可愛表情，根本從未把他的威脅當一回事，哪知再入小春城就被他通緝。

我後退一步，乾笑一聲，「這位公子，之前全是場誤會，你又何必放在心上呢？」

那少年傲然一笑，粉面如花，伸手就來拉我的手腕，說：「你跟我走。」

我當然不肯依，甩開他待要掙扎，卻聽見他在我背後歎了一聲，「怎會這麼不聽話！」

語音甫落，我脊背一疼，眼前瞬間變黑，整個人失去了知覺。

四周有潺潺的流水聲，光是聽著就覺清涼。我睜開眼睛，發現自己正躺在一張舒適的竹床上，房間很大，視野開闊，透過沒有玻璃的落地窗，可以看見外間小院裡有座逼眞精緻的假山噴泉，水花四射，清涼悅耳，兩側茂林修竹，綠意盎然。

我揉了揉眼睛，疑心這是夢，胃裡卻傳來一陣咕咕聲，飢餓感把我拉回了現實。仔細想想，自己有許久沒好好吃頓飯了。

驟聞見身側飄來淡淡的飯菜香，我扭頭望去，瞧見一個小丫鬟捧著托盤從我身側走過，像在故意引誘我一般，走走停停，然後往門外的連廊去了。

我心想，眞是幼稚，居然想用食物引誘我，誰知有沒有下毒？就看看你引我去做什麼！

於是我一副上了鉤的模樣，跟著那丫鬟走出房間，行至連廊轉角處，眼界一下子變得寬廣，這裡原是別有洞天哩。假山上飛流直下逼真的瀑布，那名抓我來此的綠衣少年坐在水邊，把玩著幾朵芍藥花，一片一片將花瓣撕下，漫不經心地丟入水流中。

正是那個曾經被我「輕薄」過的少年！其實他長得真的不錯，再加上良辰美景，形成一幅絕美畫面：粉妝玉琢的人兒，落花流水，芍藥淺香絲絲繚繞。

我笑了笑，說：「『維士與女，伊其相謔，贈之以芍藥……』，這是詩經〈鄭風．溱洧〉中的句子，你可聞曉？不知道小公子看上了哪家的姑娘啊？」

少年抬起頭來看我，眸子裡閃現某種異樣光彩，唇角揚了揚，「沒想到你還念過書的，真真教我有些驚喜呢。」

我微微一愣，心想我現在可是男裝打扮，怎麼他看我的眼神裡存有一股曖昧？我乾笑幾聲，心想我人在他手上，也不知是怎麼個狀況，還是盡量跟他弄好關係較好，於是又道：「芍藥是定情之花，你這樣撕扯著，難道是感情不順嗎？哥哥我是過來人，也許可以幫你指點指點迷津。」這時鼻間又飄來那股誘人的飯菜香，我實在餓得難受，走過去接過那丫鬟手裡的托盤，說：「這飯菜你下毒了嗎？我先吃了，要是不幸中毒，你記得給我解藥。」

走近一看，方才發覺那小丫鬟生得白皙俏麗，她含情脈脈抬頭睇了綠衣少年一眼，臉上浮現些許紅暈。我心中暗自一笑，端著托盤坐到旁邊木凳上大快朵頤。

片刻之後，半碗飯還未下肚，耳旁忽然劃過破空之聲，緊接著是一聲淒厲的慘叫，我驚得一下子從凳子上跳起，轉頭看見那丫鬟的一雙眼睛被兩根冰柱穿透，血肉淋漓。我見此情景，驚懼交加，還未及尖叫就已抖得站立不住，扶著桌角嘔吐起來。

那小丫鬟眼眶滴血，無頭蒼蠅般亂衝亂撞著，片刻後栽倒在地，鮮紅血液順著黑洞般的眼窩流了滿臉，染紅大片泥土。

綠衣少年皺了皺眉頭，吩咐道：「來人啊，把這裡收拾乾淨了。女人眞麻煩，死了也這麼髒。」

這話說得比討論天氣還要平常，我聽得寒毛幾乎倒豎起來。吐得胃快空了，我強自抬頭看著他，顫顫地問：「爲什麼要殺她？」

「我討厭女人。」綠衣少年繼續把玩著手裡的芍藥花，「更討厭她們用那種噁心的目光看我。」

「變態！」我在心裡暗罵一聲，低頭看看自己身上的男裝，忽然明白他爲甚留我到現在。因爲在他眼裡，我並不是個女人。

我深吸了一口氣，緩聲道：「你抓我來是要做什麼？沒什麼事的話，我先告辭了。」

少年將手中芍藥花瓣揚到半空，修長手指微微一彎，假山上奔流的水滴霎時結成細小的冰柱疾飛過來，將那些花瓣齊齊釘在兩側的樹幹上，冰晶輝映著嫣紅花色，有種別樣冷峻的美感。綠衣少年握住我的手腕，往上一指，「你看，美嗎？」

「我不知道！」他的手很涼，我莫名恐慌起來，甩開他的手就要跑。

他一轉手臂將我扣在懷裡，低下頭來看我，「我生平最討厭別人碰我，但凡觸摸過我肌膚的人，我都會把他們的手砍下來。」

此時我半個人都被他圈在懷裡，心想這下完了，照此推算的話，我身上還能剩下什麼啊？我拚命掙扎著想脫離他的懷抱，卻被他攬得更緊。

「你是第一個敢跟我那麼說話的人，也是第一個擅自碰了我卻活下來的人。」他的聲音裡透出曖昧笑意，引我寒毛倒豎。他用唇碰了碰我的耳朵，又說：「我那時就該殺了你，可是不知道爲什麼，竟下不了手。此後一直耿耿於懷，我便在城裡貼滿了你的畫像，心想如果你再來小春城，我定讓你再逃不出我的手心。」

我側頭看他，少年眼中有乖戾冰冷的笑意，與他的年齡異常不符。我心裡悔不當初，當時以爲他是小孩子好欺負，哪知竟會種下今日的禍根。

這時，方才被冰柱釘在樹幹上的芍藥花瓣忽然騰空而起，齊齊往我背後刺去。一道粉白人影淩空飛近，將我拉出他的懷抱，水袖一揮，又有無數花瓣迷陣一樣飛向綠衣少年。

蕭洛雲冷聲說：「諸葛無雪，如果你立刻放了蘭陵王的話，我還可以當什麼都沒發生過。」

我聞言一愣，原來這個乳臭未乾的綠衣小子就是天無四尊之一，小春城城主諸葛無雪？只聽蕭洛雲又恨恨地說：「否則，我要你小春城雞犬不留！」

諸葛無雪粉妝玉琢的小臉露出漫不經心的笑意，五指朝水池的方向微微一彎，立時有無數細小冰凌騰空而起，對準了蕭洛雲和我。他開口說：「蕭洛雲，你不過是個小小花妖，怎敢用這等口氣跟我說話？再說你若有這個本事，也不會被我剝了花晶雪魄！」

蕭洛雲像是被戳到心底痛處，美麗臉龐瞬間顯現出痛苦的神采。我眼看著她的氣勢被壓下去，心想既是我的同伴我總要幫幫她，旋抽出袖中的離觴劍往半空一揮，本意是想嚇唬嚇唬諸葛無雪，哪知那些小冰柱竟眞被我的劍氣斬碎，化成雪粒大的碎冰掉落到地上。

諸葛無雪一怔，驚道：「離觴劍怎麼會在你手上？」

我也不答話，揮手又朝旁邊粗大的槐樹砍去。

諸葛無雪就站在樹下，此刻急忙閃躲，蕭洛雲裙帶一揮，無數槐花沖天而起。一片花瓣迷離中，蕭洛雲拉著我的手，縱身躍入旁邊的水池。

白色梨花如雲朵般搖曳在眼前，讓我想起了那些歷歷在目的歲月，卻又那麼遙遠……

忽然想起陸放翁的〈訴衷情〉：「此生誰料，心在天山，身老滄州。」

梨花似雪，有零星花瓣落到我臉上，有些癢，暗香迷離。

第八章　至又無言去未聞

1

我是稍懂游泳，可並不擅水性。黑暗而寒冷的水下，只能靠蕭洛雲牽引著，鑽進一處背水的通道裡。

頭髮和衣裳都在滴水，我揩了揩眼睛看向四周，發現這裡竟是個明亮的所在，牆壁兩側懸著半徑一丈的大燈籠，翠綠竹子和各色盆花點綴其下，門外有飛瀑流水垂直而下，卻不落入這裡，就像水簾洞一樣。

我渾身濕透了，有些發冷。

蕭洛雲從牆邊的竹子底下翻出個油紙包，拿出一套女裝給我，說：「我已經拿到了小春城的建築圖，知道要繞開諸葛無雪的耳目來『水域』的話，唯一方法就是走水路。」

蕭洛雲除下濕透的衣物，同換上一套乾爽的衣裳，繼續說：「你應該已經發現，諸葛無雪有操控水和冰的能力。水域是座地下宮殿，裡頭有世上最堅硬的千年玄冰，當初他就是在這裡，奪了我體內的花晶雪魄。」蕭洛雲臉上閃過一抹痛楚，頓了頓又說：「天無四尊中只有他一個人可以完成這件事，因此，他也不把其他人放在眼裡。好在他跟香無塵鬧翻了，否則你我要對抗整個天羅地宮將更無勝算。」

我聽得一頭霧水，追問道：「花晶雪魄到底是什麼東西？要怎麼才能取出來呢？與千年玄冰又有甚關係？」

蕭洛雲深深看了我一眼，「待會兒你就會看到了……如果你知道長恭將要承受什麼樣的痛苦，你定會後悔沒有早點來救他。」她輕撫著胸前的傷口，「我當時甚至希望自己死掉，唉，原來身體上的痛楚也會引人發狂，比『無間地獄』有過之而無不及。」

前方是狹長的通道，越走下去越明亮，遠遠可看見通道盡頭處透出銀白水色，倒真不枉「水域」這個名字。

蕭洛雲拿出地圖，看了一眼，說：「奇怪，前方是水域的西面入口，按理說應該有人看守才對。」她振袖一揮，將兩側的燈籠悉數熄滅，「這樣，別人看不到我們，更安全些。」

我眼睛還未適應黑暗，耳邊忽然傳來「咻」的一聲，幾根冰凌在我身側劃過，似不存心想要射中我。

背後不遠處旋傳來熟悉的少年聲音：「水域不是尋常人可以進的地方，你們再往前走一步，休怪我不客氣了。」

蕭洛雲聞聲立即往左側牆邊奔去，握住一根翠綠竹子的第三節狠命一擰，只聽轟隆隆一聲巨響，一面冰牆在我們背後迅速落下，將諸葛無雪和他的隨從隔離在另一端。

冰牆極薄，那邊點亮了燈，映出諸葛無雪的煙綠色錦袍。他隔著薄冰，站在我對面不慌不忙地說：「喂，說起來，我還沒問你的名字呢。」

「你沒必要知道我的名字。你只須知道，我從來不是你要找的人！」面對這個誤以爲我是男子並對我頗有興趣的少年，我眞的不知如何是好。

蕭洛雲忙拉著我往前飛奔，一邊說：「這面冰牆是水域的機關，縱使諸葛無雪要打透，亦須費一段時間。」

前方銀白色光亮處漸漸趨近，蕭洛雲卻帶我轉進側邊一條小路，小路兩側是濕漉粗糙的石壁，我們走得十分艱難。她忽然問我：「元清鎖，假如你今日死在這裡，會不會後悔愛上長恭？」

我微微一怔，回說：「其實後不後悔又怎麼樣？愛上不該愛的人，誰不曾在心中悔過千次萬次呢。可當他揮一揮手，還不是像個傻瓜又跑過去。我不知道我還愛不愛他，但既然這一切都已經發生了，我也不想再用『後悔』二字來爲難自己。」

黑暗中，我能感覺到蕭洛雲側頭深深地看了我一眼，含義未明。過得良久，她說：「這是通向水域中心的捷徑。小心了！」語罷拽著我縱身一躍，像是跳入了一個狹窄的溜滑梯，兩側是冰，寒涼刺骨。

約莫滑行了一刻鐘的時間，我跟蕭洛雲雙雙摔落地上，卻並不很疼。

這是一處非常開闊的空間，地下積有厚厚一層雪，四壁俱是透明薄冰，奇怪的是，整個室內卻不冰寒。四下一掃，原是西北角處有片小池塘盛著橘紅色液體，有些像岩漿，蒸騰冒著熱氣。中間有一塊碩大的長方形冰雕，裡頭像是包裹著什麼東西，可站在我這個角度看不太清楚。

這眞是個奇妙的地方，我想。

冰與火共存的地方。

2

蕭洛雲忽朝大廳中央的長方形冰雕飛奔而去，她流著淚跪在地上，眼神充滿了哀傷。

我乍時猜想到，蘭陵王肯定就在那裡吧，她看到他受苦，才會這樣地哀傷——她眞的很愛他。

一瞬間，我幾乎被那種眼神刺痛了。我一步一步走到冰雕前方，心中悲喜難言，眼眸漸漸浮現出沉睡中的蘭陵王那張傾城絕代的臉。

他依舊一襲勝雪白衣，嵌在水晶般的長方形冰雕裡，周身閃耀著銀色星輝，臉色蒼白得毫無生氣。我心中一痛，上前拍打幾下冰壁，說：「諸葛無雪這個混蛋，為什麼要把他關在這裡？」

蕭洛雲拭去臉上的淚水，梨花帶雨模樣十分動人。她伸手一指冰雕對面，眼中含著痛苦，說：「這塊冰上的冰針皆是由千年玄冰所製成，比金剛石更堅硬。諸葛無雪就是用它鑽開我的骨骼，取出花晶雪魄的。」她頓了頓，咬牙又道：「那種撕心裂肺的痛楚，灼熱得像是火在燒。鑽骨時會產生高溫，人的肉身根本承受不了，甚至會自燃而死，所以開骨時必須要在水裡。你知道那是什麼感覺嗎？四周的水因為高溫而沸騰起來，胸腔骨骼被打開，你眼睜睜看著這一切，恨不得自己立時死去……」

水是用來吸收熱量的好材料。我想像著那種能讓水沸騰的高溫，玄冰鑽骨，會是怎樣的一種痛楚。冰火糾纏，一般人根本無法承受，光是用想的就讓人不寒而慄。

我忍不住上前拍打著封住蘭陵王的冰壁，急道：「你快告訴我，究竟怎樣才能把他從這裡救出來？」

蕭洛雲眼神一凜，揮手用指甲劃破了自己的左腕，粉色血液汩汩而出，滴在透亮的冰壁上，發出「嘶嘶」聲響。她眼底似有一股赴死的決心，說：「我的血可以融化這冰壁，你只須拿著離觴劍守在我身邊就好。」

我聞言一愣，「你是打算用自己的命，來換蘭陵王的命嗎？」

蕭洛雲臉色蒼白，揚唇一笑，「我們曾說過的，不能同年同月同日生，但求同年同月同日死。可是原來，我寧願自己先死。」

我看向蕭洛雲淒清堅決的臉龐，被這番話所感動，心頭卻是微微一酸，不知為何。也許是因曾經以為自己對蘭陵王用情很深，如今才恍然發覺，其實我不過是他生命中的過客……她對他的情，或許從來就比我多。

這時，四周突然傳來轟隆一聲巨響，南面的大理石門被自外推開，諸葛無雪面色寒沉，背後站著無數隨從。他的目光落在穿著女裝的我身上，倏忽一震。

我緊握著離觴劍走到他面前，與他迎面相視，然後抬手拽下胡亂盤住長髮的絲帶，說：「看清楚了麼，我是女人！」

諸葛無雪稚嫩粉白的臉上露出錯愕表情，讓我想起那一次的初遇，那時只以為他是個長得好看的少年，沒想到竟會有今時今日的針鋒相對。

「所以我說，我從來不是你要找的人。」我將髮帶握在手裡，濕漉漉的長髮垂落背後。

我把離觴劍微微揚起，又說：「現在，做個了斷吧。」說著拿髮帶將離觴劍劍柄纏在手上，奮力一揮，地面上的雪片紛飛而起。

諸葛無雪的手下衝過來與我廝打在一起，霎時間殺聲震天，血光四濺。我心中只存一個念頭——橫豎我也無法活著走出這裡了，至少要讓蘭陵王平安無事。

場面混亂不堪，離觴劍鋒利無比，我體內桃花的功力似已甦醒，在無數人圍攻之下居然也能得心應手。

卻見諸葛無雪怔怔站在原地，遠遠看著我。一襲煙綠錦袍在人來人往中宛若一片出塵的翡翠葉，眼中似有迷茫。

我回頭看一眼蘭陵王，只見那塊巨大冰雕已然融化了大半，粉色液體汩汩地從蕭洛雲手腕傷口中流出，她臉上幾乎已經沒有血色。

這時，驟有一個身高數丈的嘍囉朝我衝過來，我還未來得及揮劍，他已經像抓小螞蟻一樣將我凌空拈起，旋轉數圈後丟了出去。

我被轉得暈頭轉向，奮力爬起身，卻被腳邊的屍體磕絆一下，險些仰翻過去。披在背後的長髮「嘶」的一聲，像是被什麼點燃了一樣。我回頭一看，原來自己正站在西北角的岩漿池邊上，長髮被岩漿所腐蝕，瞬間短去一半。

我心中一驚，還未來得及逃開，旁邊突有人推了我一下，我頓時站立不穩，整個人往後栽倒……

就在這時，眼前倏有綠影一閃，諸葛無雪在千鈞一髮之際攔腰抱住我，他的臉龐白皙俊秀，離得我那樣近。我本能地扶住他的肩膀，怔了怔，說：「為什麼要救我？」

他凝視著我，清澈雙眸瞬間溢滿了迷茫，「我不知道。我只知道，我不想讓你死……」

話音未落，諸葛無雪的瞳孔驟然放大，映出手足無措的我。

我手上傳來黏稠的暖意，俯身卻見一把長劍自後刺穿了他的小腹。我越過他的肩膀瞧見一臉怨恨的蕭洛雲，她深深看了我一眼，轉身往冰雕方向走去。

我抱著諸葛無雪跌坐在地上，久久動彈不得。這棵看起來單純稚嫩的小玉樹就這樣死去了嗎？狂傲狠毒的粉面少年，他最後那句話猶縈繞在我耳際：「我只知道，我不想讓你死……」

他的手下靜默片刻，旋即群情激憤地朝我奔過來，一時殺聲震天。我蜷縮在原地，捂著小腹，忽然間覺得累了。

耳邊傳來破空的兩聲鳥鳴，一白一黑兩隻大鳥猛地撞向封住蘭陵王的冰雕，冰壁上出現了數道裂痕，絲絲流淌進粉色液體，冰雕自上而下碎裂之後，「砰」的一聲崩裂開來。沉睡的蘭陵王從冰雕中墜落而下，被蕭洛雲緊緊接在懷裡。

這時，方才那個身高數丈的嘍囉不知何時又欺到我身邊，揮刀朝我砍來，我想躲，可卻力氣盡失。忽有一根孔雀翎飛來將鋼刀纏住，隨即一緊，那把刀頓如冰片斷成幾截。

香無塵的聲音響在我身側，他輕輕扶起我，說：「清鎖，你沒事吧？」

我虛弱地搖了搖頭，剛想說話，卻見十二名紅衣侍女凌空飛降，悅耳的古琴聲響起，仙樂飄飄。

妙無音站在眾侍女的紅袖帶上款款而來，不屑地望我一眼，「無塵，你怎麼又先我一步來湊熱鬧？雖然諸葛無雪與你有仇，可他到底是我們天羅地宮的人，你可千萬別站錯了方向。」

她頭也不回地一撫琴弦，短暫動聽的琴聲過後，琴弦在半空化作數道白光，直直飛向蘭陵王。我心中一急，卻是無能爲力……

這時，蕭洛雲早已面白如紙，再無對抗旁人的力氣。豈料妙無音的琴弦並沒有傷到她，只見蘭陵王緩緩睜開眼睛，堪與日月爭輝的美目晶亮如昔，他伸手格開了妙無音的琴弦。

剎那間，我鼻子一酸，哽咽著，什麼也說不出口。

香無塵站起身，揮出孔雀翎躍至妙無音身邊，「有了諸葛無雪的前車之鑒，我是不會再讓玄武甦醒過來的。」他遙遙指向我，又說：「元清鎖對我有恩。這一次，無論如何我要保她周全。」

我的淚，驟然間不可遏止地流淌下來，爲甚我要欠下這麼多的人情呢？此生可有機會再還清？模糊的視野中，一切的聲音離我遠去。

恍惚間，他的香氣瀰漫而來……蘭花者，王者之香。我抬起頭，依稀看見他眸中有隱隱柔情，他朝我伸出手來，說：「清鎖，你受苦了。」

我心頭一酸，淚水更加肆虐，卻沒有回握住蘭陵王的手，只側頭看向蕭洛雲。她靜靜看著我，一臉深不可測。

我勉強站起身，繞開蘭陵王直朝香無塵奔近，我流淚扯著他的衣角說：「我不需要你保我周全……我只要他安好。」

我說完這句話，回頭望一眼蘭陵王。他的臉那麼熟悉，可是忽然間又陌生起來，彷彿剎那間時光倒流，回到了初次相遇的那一瞬間。

3

天色暗下，四野茫茫，我伏在黑翎背上，手捂著小腹，一動不動。

白翎載著蘭陵王和蕭洛雲飛在我們後面，夜色中白色羽毛十分顯眼，我偷偷回首望著他們，心情如打翻了五味瓶，莫可名狀。

「放我下來吧，黑翎。」

前方是個歧點，去齊國要往北，去周國則要往西。黑翎依言，乖乖地緩緩飛落到一處鬆軟草地上。

這是背風的一處山坳，離小春城並不很遠，因爲山澗有溫泉流過的緣故，溫暖如春。我想，事已至此，或許也不需要告別了吧。我僅對黑翎交代說：「齊國路途遙遠，白翎長時間載兩個人恐怕吃不消，你幫忙一起送他們回去吧。」

我轉身欲走，他聲音輕輕卻極具衝擊力，驟地叫住我，喚道：「清鎖。」

我沒有回頭，背對著他，長髮散亂，衣裾臨風。此刻我定是很狼狽的吧，其實我的狼狽不只他看到的這些，還有一顆疲憊至極，迫切想要回家的心。

「清鎖，你願不願意跟我走，做我的王妃？」他的聲音依然溫柔，卻含藏一股看不見的堅定力量。

從來沒想過，他會在此時此刻對我說出這樣的話。我心中一震，猛地回頭看他，梨花紛紛飄落，迷住了我的眼，一地花瓣鬆軟。

我想走向他，卻又頓住了腳步，聲音微不可聞，「爲什麼？救你的人是蕭洛雲，不是我。你不需要爲了報恩而對我說出這樣的話。」

「無論你相不相信，或者願不願意回應，這就是我最眞實的想法。」蘭陵王走近了我，夜色迷離中，他俊美面容上似是蒙著一層薄霧，「一年前我以爲你死了……那種心情我此生再也不想經歷。清鎖，相信我。」他看著我的眼睛，那種目光讓我的心驀地生疼。餘光瞥見蕭洛雲站在遠處，神情平靜地看著我們。

我別轉過身，搖著頭說：「長恭，我不相信你。你心裡從來就沒有我……如今，我們再也回不去了。」我的淚又一次模糊了眼眶，心中的酸澀噴湧而出。我努力穩定住聲音，說：「有那樣一個人，他在等我回去。我欠了他太多，就算是死了，我也要回到他身邊。」

我走出數丈，回過頭用盡力氣綻出一抹嫣然笑靨，說：「後會有期。」隨即拐入岔路，希望他不再看到我的背影。

良久良久，我躲在一棵梨花樹下，在遮天樹蔭中遠遠望見一白一黑兩隻大鳥漸漸飛遠。

我的手沿著樹幹緩緩垂落，轟然倒地。

想起那時在水域中與蕭洛雲並肩而行的場景，她忽然問我：「元清鎖，假如你今日死在這裡，會不會後悔愛上長恭？」

如果我說後悔，她是否就不會在刺死諸葛無雪的同時，也刺穿了我的小腹……

我的手顫顫地移開，因爲一直用力壓著傷口，血並沒有流出太多，可疼痛卻逐漸加深。

尤其是在聽了蘭陵王那番話之後，那種痛彷彿也蔓延到了心裡。

因爲知道她對你是那樣眞心，因爲我也希望你幸福……所以我無法向你坦白這一切，無法告訴你，是那個用血液喚醒你的女子想要我死。既然我已經不能陪你走下去了，既然我們已經再無以後……我又何苦再讓你失望，再讓自己懷著無限的恨意死去？

我說我不相信你，其實是騙你的。然而卻有一句話是眞的！有那樣一個人，他在等我回去。我欠了他太多，就算是死了，我也要回到他身邊……

我掙扎著爬向周國的方向，腦海中浮現出明月軒裡宇文邕堅毅溫柔的側臉。或許人生最遺憾的，莫過於輕易地放棄了不該放棄的，並且固執地堅持了不該堅持的。

淚濕泥土，血流成河。我爬出數十丈，地上全是我的血跡，我終於再無力氣。

我仰面躺在地上，疲憊得靈魂都要漂浮起來了。白色梨花如雲朵般搖曳在眼前，讓我想起了那些歷歷在目的歲月，卻又那麼遙遠……

忽然想起陸放翁的〈訴衷情〉：「此生誰料，心在天山，身老滄州。」

梨花似雪，有零星花瓣落到我臉上，有些癢，暗香迷離。

還記得宰相府的梨園嗎？滿園滿樹的梨花在夕陽晚照的霞光裡，簌簌飄落如緋紅的雪花。

那時我爲了給他跟顏婉搗亂，裝作不小心把熱湯扣到他身上。

——「哼，明明就是故意的，還裝模作樣帶我去上甚燙傷藥。」

那時宇文邕沉著臉，一把甩開我，冷漠地朝碧梨池走去。他說：「你不是一直鍾情於我嗎？那晚我要吻你的時候，你爲什麼會哭？方才那場家宴，又爲什麼要跟我示威？我越來越不討厭你了，你若乖乖聽話，或許我會好好疼你的。」說著，兩片灼熱的唇就輕輕印上我臉頰，淺淡而溫柔。

那是他第一次眞心吻我吧，現在想來，恍若隔世。

還記得他說：「元清鎖，我要你知道，你的命是我的，我要你生就生，要你死就死。」我仰頭看著他，他稜角分明的輪廓深沉而森冷。

是啊，差點忘記了，宇文邕骨子裡是何等驕傲不可一世的人，怎能任我予取予求？可偏就是這樣一個人，也曾在我面前露出無限溫柔的表情。他爲我建望仙樓，爲我猜出「石榴未折梅猶小，愛此山花四五株。斜日庭前風裊裊，碧油千片漏紅珠」的謎底。他不但猜出來，還擱在了心裡。在那樣的季節裡，他用鋪天蓋地的櫻桃堆滿了我的門口，日光之下，就像一片晶瑩的瑪瑙海。

我的淚，順著眼角滴滴淌落……

耳畔依稀聽見他說著那些話：

——「清鎖，你知道麼，如果現在是一場夢，我寧願永遠不要醒來。我終於知道，原來在你心裡，也有我的位置……」

——「我答應你，清鎖，從今以後我心裡只有你一人。今生來世，永不相棄。」

我掙扎著望向大周的方向。

宇文邕……你現在在做什麼呢？吃飯了嗎？有沒有想起我呢？皇宮不比小春城，該是寒冷時節了吧。你有沒有多添一件衣裳，隨身帶上一件披風？

我，好想回到你身邊啊！

可是，此生誰料，心在天山，身老滄州。

衷情難訴。

尾聲

我八歲入府，十二歲開始伺候王爺，如今已近十五載。

我沒讀過書，也不識幾個大字，人人喚我阿二。後來有一日，清鎖小姐偶爾聽得別人叫我阿二，便賜了個名字給我，喚做蓮惜。蓮子的蓮，珍惜的惜。我喜歡這個名字，也因此喜歡上了清鎖小姐。

與她走得近了，我也漸漸明白爲什麼主子身邊美女如雲，卻獨獨對她動了眞心。

清鎖小姐待我們下人很好，總有些古怪的主意，看著你的時候，眼睛裡彷彿晃著一汪池水，晶亮晶亮的。起初，主子對清鎖小姐不怎上心，後來她失憶了，再醒過來，整個人性情大變，時常讓主子恨得咬牙切齒，可是用在她身上的心思卻越來越多了。

我曾經親眼見過，有一回主子在清鎖小姐門口守了一夜，他遠遠站在門外，凝望著宅子裡的燈火，靜默俊雅的樣子就像是畫裡人一般。那時候我想，要是哪天也能有個男人這樣待我該有多好！

其實我心裡頭明白，人和人的確是不能比的。我跟清鎖小姐比起來，那眞是天上雲和地

下塵，她經常說我不懂的話，做我做不出的事，比如像主子這樣好的男人，她偏偏就不愛。

哎呀，將來我的那個「他」要能有主子一半好，我就此生無怨啦！

清鎖小姐心裡對主子有保留，我雖然天資駑鈍，卻也看得出來，只是不知緣由。比如那次，主子癡癡望著她的背影，她走出好遠卻一直沒回頭。人人都說主子喜怒不形於色，其實清鎖小姐才是眞正的喜怒不形於色。她日日在府裡開心自在，我以爲她打算在這裡住上一輩子，後來聽主子跟楚總管說起，才知道她竟無一刻不想逃出府去。

後來有一日，她終是離開了。

主子似乎也沒多傷心，只是每日每夜都得讓人陪著，要麼呼朋喚友飲酒吟詩，要麼找些歌姬、舞姬通宵達旦作樂。可是我總覺得，那段時間裡無論他望著誰，心裡頭都是空的，眉毛整日蹙著，眼珠子裡彷彿盛滿了霧氣。

我侍候在主子身側，隱祕的事多少也能聽到一些。清鎖小姐雖然人不在這兒了，關於她的消息還是源源不斷湧進司空府。

到底是心裡掛念著吧，主子唯有聽到她的消息之時，眉宇間才會眞正舒展開來，眼睛裡隱約閃爍著笑意。其實，我也很想念清鎖小姐的，但當我聽說她竟然拋下主子，投奔了那個敵國將領蘭陵王時，我不由在心裡罵她一句「忘恩負義」。主子待她那麼好，她怎能這樣做？

聽說了這個消息，主子什麼話也沒說，連我都氣不過想罵她幾句，主子那廂卻是出奇冷靜，只是一夜無眠。那晚我夜裡當值，靠著門框睡著了，後來吹了風，打個哆嗦忽然驚醒過來，驟地發現主子已經不在房內。我急忙追出去，附近都找遍了也不見他的蹤影，後來我靈光一閃，便往清鎖小姐過去住過的宅子走去。

主子果然在那裡。

月光明亮，星子漫天，他就像從前那次，如畫中人般一動不動，癡癡望著那闃黑一團的影子，沒有燈火也無佳人，已然人去樓空了。

哎，心裡裝著一個人，當眞這樣痛苦難熬？那我寧願隨便嫁個府中的小廝，稀里糊塗過一輩子，也比做癡男怨女來得好。

我遠遠望著主子，在心裡盤算，究竟多久他才會忘記清鎖小姐呢？

一年，兩年……還是一輩子也忘不掉？

那日天氣不好，淅淅瀝瀝下了一天的雨。

傍晚時分，府裡突然像炸開鍋似的，打聽之下竟是清鎖小姐回來了！

我急忙跑過去看清鎖小姐，卻見她氣息奄奄地被人從馬車裡抱出來，臉色很是蒼白。聽說她受了重傷，隻身昏倒在荒郊野外多時，主子派去打探消息的人恰發現小姐蹤影，便將她給送回府裡。

主子趕到之時，幾位天下聞名的大夫已經爲清鎖小姐會了診。據說清鎖小姐受了極大創傷，元氣耗盡，全仗著珍貴藥材撐著她的最後一口氣，隨時都可能不保。

主子去房裡看了清鎖小姐，出來之後勃然大怒，將那幾位大夫的妻兒老小全抓了起來，說如果清鎖小姐有個三長兩短，就要讓這些人給她陪葬。

「清鎖小姐是不是快死了？」我悄聲偷問楚總管。

楚總管作勢要抽我，我趕緊閉上嘴巴，只聽他說：「這話要讓皇上知道，你的小命立時可就沒了。」

我吐了吐舌頭，不敢再多說別的。

過了一個月的光陰，清鎖小姐終於悠悠醒轉。

我遠遠望見主子飛奔而來，一路踉踉蹌蹌，險些跌倒。這段日子主子政務繁忙，難爲他天天都往清鎖小姐病榻前跑。

我跟在主子身後，站在門口處瞧著他們倆。

清鎖小姐看見主子，似是百感交集，霎時間淚如泉湧。主子握住她的手，一雙烏眸瞬也不轉地將她望著，男兒淚簌簌地往下落。

這麼多年以來，這是我頭一回見到主子流淚。

我不由跟著鼻頭發酸……因爲我知道，楚總管曾經私下裡問過大夫：清鎖小姐這種情況，還能有多久的命？

大夫說，少則個把月、多則三四年，當然，這世上總有奇跡。

如果你問我什麼是愛情，我會回答：「朝思暮想，望穿秋水，便是愛情。」

如果你問我什麼是永遠，我會回答：「握著彼此的手，望著對方的眼，這一刻，便是永遠。」

（全文完）

國家圖書館出版品預行編目資料

蘭陵皇妃（下冊）明月應笑我多情／楊千紫著；——
初版．——臺中市：好讀，2013.11

面：　公分，——（眞小說；38）（楊千紫作品集；2）

ISBN 978-986-178-299-7（平裝）

857.7　　102015354

好讀出版

真小說 38

蘭陵皇妃（下冊）明月應笑我多情

作　　者／楊千紫
總 編 輯／鄧茵茵
文字編輯／林碧瑩
美術編輯／鄭年亨
行銷企畫／陳昶文

發 行 所／好讀出版有限公司
台中市 407 西屯區何厝里 19 鄰大有街 13 號
TEL:04-23157795　FAX:04-23144188
http://howdo.morningstar.com.tw
（如對本書編輯或內容有意見，請來電或上網告訴我們）
法律顧問／甘龍強律師

戶名：知己圖書股份有限公司
劃撥專線：15062393
服務專線：04-23595819 轉 230
傳眞專線：04-23597123
E-mail：service@morningstar.com.tw
如需詳細出版書目、訂書，歡迎洽詢
晨星網路書店 http://www.morningstar.com.tw

印刷 / 上好印刷股份有限公司 TEL:04-23150280
初版 / 西元 2013 年 11 月 15 日
定價：250 元
如有破損或裝訂錯誤，請寄回台中市 407 工業區 30 路 1 號更換（好讀倉儲部收）

Published by How-Do Publishing Co., Ltd.
2013 Printed in Taiwan

ISBN 978-986-178-299-7

情感小說 · 專屬讀者回函

書名：蘭陵皇妃（下冊）明月應笑我多情

姓名：________________ 性別：□男 □女 生日：______年______月_____日

教育程度：________________________

職業：□學生 □教師 □一般職員 □企業主管

□家庭主婦 □自由業 □醫護 □軍警 □其他________________________

電子郵件信箱（e-mail）：______________________ 電話：__________________

聯絡地址：□□□ ____

您怎麼發現這本書的？

□書店 □____________網路書店 □朋友推薦 □___________網站／網友推薦

□其他____

買這本書的原因是

□內容題材深得我心 □價格便宜 □封面與內頁設計很優 □其他____________

您閱讀此本小說的原因：□喜愛作者 □喜歡情感小說 □值得收藏 □想收繁體版

□其他____

您喜歡閱讀情感小說的原因

□打發時間 □滿足想像 □欣賞作者文采 □抒解心情 □其他_______________

您不喜歡哪類情感小說的情節設定

□人人都愛女主角 □女主角萬能 □劇情太俗套 □太狗血 □虐戀 □黑幫

□其他____

最無法忍受的主角人物關係

□父女 □師生 □兄妹 □姊弟戀 □人獸 □ BL □其他____________________

您最常接觸情感小說的方式

□購買實體書 □租書店 □在實體書店閱讀 □圖書館借閱 □在____________

網站瀏覽 □其他____

您喜歡的情感小說種類（可複選）

□宮廷 □武俠 □架空 □歷史 □奇幻 □種田 □校園 □都會 □穿越 □修仙

□台灣言情 □其他____

推薦你喜歡的情感小說作者或作品（多多益善喔）

____

您對這本書還有其他想法嗎？請通通告訴我們：

____

請填妥後對折黏貼，直接投郵即可，無須貼郵票。

廣告回函
台灣中區郵政管理局
登記證第 3877 號
免貼郵票

好讀出版有限公司　編輯部收

407 台中市西屯區何厝里大有街 13 號

電話：04-23157795-6　傳眞：04-23144188

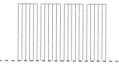

沿虛線對折